エンゼルケア

橋本勝三郎
Katsusaburo Hashimoto

文芸社

I

朝の病棟は静かだった。夜中に騒いだり泣いたりする患者もいるので、朝のほうがかえって静まりが深かった。

福井房子が検温に来て、

「顔色がよくなったわね、平熱よ」と耕平に笑顔を向けた。「きょうの午後三時に、六人部屋の一一〇八号室へ移ります」

瀬川耕平がCCUと呼ばれる三階の冠動脈疾患の集中治療室から、十一階の循環器病棟の個室へ移されて三日目の朝であった。

「三時……分かりました」

と、耕平は応えた。

集中治療室から個室へ、個室から大部屋へと段階を経て移動することは、あらかじめ知らされていた。三階の集中治療室にいたのは五日間だった。絶対安静がようやく解けて、十一階の循環器病棟の個室へ移されたのだが、個室にいるのはたぶん三日間よ、と主任看護婦の福井房子に言われていた。

「一一〇八号室はナースステーションからすこし遠くなるけれど、それだけ病状がよくなったということなの」

「ありがとう」

「六人部屋へ移ると、リハビリが始まります」

「すぐですね。それで、福井さんは？」

「瀬川さんが六人部屋へ移ってからも、看護させてもらうことになるとおもうわ。――がっかりした？」

「いや、安心しました。きびしい毎日になりそうだけど」

「ちょっと、それ、どっちが本音なのよ」

「どっちも本音」

耕平は個室で三日間過ごして、福井房子とそんな冗談を交わすようになっていた。彼女は時に、きついことも言う。しかし、心が温かかった。娘の陽子より二つ三つ若い、三十そこそこに見えたが、彼女の声を聞くと、耕平は安堵感をおぼえた。

入院後、八日経っている。死亡率四十パーセントといわれる、最も危険な一週間を乗り切ることができたのだ。恐れていた再発作の兆候も顕れていない。隣の病室へ行く福井房子の白衣の背を見送って、助かる、というおもいが溢れてきた。

集中治療室にいたときにも、意識が混濁したことはなかった。言語の障害も起こらなかった。そのことには自信をもっている。けれども、躰中にいろんな検査の器具を取りつけられ、ずっと点滴を受けていたので、うつらうつらしていたことが多かった。記憶の細部に心もとないところもあった。

胸部に突然、激痛が走ったのは、自宅で夕飯を済ませた直後だった。その三日前、真弓の四十九日の法事を終えたあとにも、胸に疼痛をおぼえている。そのときの発作は一時間ほどでおさまったが、こんどの胸痛と圧迫感は容易にひかなかった。息をするたびに鳩尾《みぞおち》のあたりを締めつけられ、背中が痛んだ。ゴムの玉で打たれつづけているような重苦しい痛みだった。立っていられなかった。

ベッドに横になって、背中を丸めたり仰向けになったりしたが、どういう姿勢をとっても呼吸は楽にならない。救急車を呼ぼうかとも考えた。起きあがって、二、三歩窓際の机まで歩けばコードレスの電話に手が届く。しかし呼ばなかった。

躰は動かせる。つかまり立ちして、トイレへも行った。耕平は躰のことよりも、救急車のサイレンがマンション中に響きわたることを恐れていた。いったん救急車に乗せられたら、どこの病院へ連れて行かれるか分からない。それも怖かった。真弓はもういない。相談する相手がいなかった。断続的な発作に襲われ、汗で額を濡らしながら、耕平は一晩辛抱して夜を明かした。

九時前に、喘ぎながらも服を着て、かかりつけの開業医へ行った。医師は心電図をとって、ただちに設備の整った病院へ行くことをすすめ、耕平が住んでいる吉田橋ハイツから歩いて十分ほどの東京都高齢者医療センターへ紹介状を書いてくれた。ついこのあいだ、耕平は満六十五歳の誕生日を迎えていた。六十五歳以上の都民で、医師の紹介状がなければ、高齢者医療センターでは診療を受け付けてもらえなかった。

耕平は医療センターへ、そろそろと歩いて行った。時々胸部が疼いたが、タクシーには乗らなかった。近すぎて運転手に嫌な顔をされる、とおもった。それに昨夜に較べると、胸の痛みはすこし穏やかになっていた。

だが、検査の結果、急性心筋梗塞と診断された。ただちに入院、と告げられ、服を着たままストレッチャー（移動用寝台）に寝かされて、外来の診察室から集中治療室へ直行することになった。昨夜、夕食後に発作に襲われてから、すでに十五時間経過していた。

集中治療室は、眩しいほど明るかった。耕平は医師と看護婦四人がかりでベッドに移されると、すぐに服もズボンもシャツも脱がされ、そうするうちにも、腕に点滴の針が刺され、鼻に酸素吸入の管が差し込まれた。胸部には心電図の電極がいくつも貼りつけられ、尿道には排尿のための管が挿入された。手の指先にも、血中酸素を測定する器具が取りつけられた。ベッドの頭部のコーナーに設置されているモニター画面には、刻々と血圧や脈拍の数値が点滅し、心電図や呼吸図の波状の線なども映しだされているようであった。

すべてが手際よく、瞬く間におこなわれた。医師も看護婦も、耕平を元気づけるように声をかけながら処置してくれたが、みなの気持ちが張りつめているのが伝わってくる。耕平は声をかけられるたびに、はい、大丈夫です、そう応えながらも、身近に心筋梗塞で急死した者もいるので、はたしてこの集中治療室を無事に出ることができるだろうか、と考えていた。

2

集中治療室の看護婦はみな若かった。そして神経が細やかで、親切で行き届いていた。二十代の若い看護婦たちが、耕平の病状と心理に寄り添うようにして、気を配り手を尽くしてくれた。職業とはいえ、こういう若い女性たちが現実に存在している。耕平はそのことに、感謝するより先に驚きを感じていた。

絶対安静の耕平のベッドの足もとに、白い机が置かれている。机には倉敷恵子が坐っていた。ほかの看護婦と交代していることもあったけれども、彼女が中心だったので最初に名前をおぼえた。

「気分、どうですか」

耕平が身動きすると、倉敷恵子はすぐに立って様子を見に来た。二十二、三だろうか。小柄なので年より若く見えるのかもしれない。水差しの湯冷ましを飲ませてくれたり、熱いタオルで躰を拭いてくれたりしたが、物腰に落ち着きがあって、一つひとつの動作に誠意がこもっている。

「ありがとう、もう大丈夫です」

耕平はなるべく手数をかけまいとした。

「なんでも言ってくれていいのよ。ほんと、遠慮しないで」

タオルケットを掛けなおしてくれる。

耕平は寝たきりだったが、意識ははっきりしていた。胸部の痛みもおさまっている。ただ以前から慢性的に凝っていた右の肩が、そこに石の塊があるかのように重かった。胸の疼きはなくなっても、肩と背中の重苦しさは消えなかった。

「ほんとうに、大変だったとおもうの」と倉敷恵子はずっとそのことを考えていたように言った。「奥さんを亡くされて、四十九日の法事を済ませたばかりで……」

彼女はベッドの脇に立っている。ナースキャップが初々しい感じの若い娘が、姉か母親のように耕平の容体に気を配りながら、心安らぐ話し相手になっていた。

夏の終わりに、耕平は妻の真弓を亡くしている。倉敷恵子はそのことを知っていた。この集中治療室で、耕平は小泉医師に聞かれるままに、発作後入院にいたるまでの経緯をおおよそ話したが、真弓が乳癌の転移による肝不全で死亡したことも話してあった。

耕平が最初の発作に襲われたのは、真弓の四十九日の法事を済ませた日曜日の夜のことであった。そして三日後、夕食のあとに再度発作に襲われ、朝になるのを待って高齢者医療センターに入院したのだけれど、真弓の病歴や手術などについても聞かれたことには答えている。倉敷恵子は小泉医師と一緒に、その話を聞いていたのであった。

「きっと、四十九日を終えて、ほっとしたんですね」

「ほっとして、緊張がゆるんだのがよくなかったのかな」

「病気って、そういうときに来るらしいから」

「そういうときにね……」

四十歳余りも年下の娘と、そんな人生の曲がり角の話をしながら、耕平は不思議なほど違和感をおぼえなかった。

二度目の発作に見舞われた日が、じつは真弓のほんとうの四十九日に当たっている。法事はみなの都合に合わせて、その前におこなっていたが、彼女はそういういきさつも黙って聞いてくれた。はたからみれば、どうでもいいようなことであろうが、耕平はその話に耳を傾けてくれる倉敷恵子に親しみを深くした。

そのほんとうの四十九日に、デパートから香典返しの品を送る手筈は整えておいた。名簿を渡しておいたので、お返しの品物はもう届いているころであった。おそらくいまも、誰もいない自宅の電話が頻繁に鳴っていることだろう。真弓の遺影が置かれている六畳間の電話と、耕平の寝室兼仕事部屋のコードレスの電話が同時に鳴りつづけているはずだ。そしておそらく、いくつもの声が留守電に記録されている。郵便物も溜まっているにちがいない。耕平はそれらのことがしきりに気にかかって、陽子が来たときに頼みたいことをあれこれ頭に浮かべていた。

「疲れた?……」

倉敷恵子は耕平の背中へ手をまわして、躰の向きをすこし変えてくれた。それだけで肩と背筋の凝りが楽になった。

「大丈夫です。ただ家内が逝ってしまったということが、実感的にまだ信じきれないところがあるんですよね。自分が入院していることも」

「分かるわ。奥さんが発病されたのは、かなり以前……」

「四年、——いや、四年半になります」

「三年以上になると、看病する人も大変になるのよねえ」

それは耕平の実感でもあった。

「いまとなると、心残りのことが多いんだけれど、でも、家内の寿命は去年の六月まで、と告げられていたんですよ」この話は小泉医師にはしていなかった。「辛かったですね、一日、一日が……それで思い切って病院を変えて、新しい治療をしてもらって、今年の八月末まで、一年二か月延命することができたんです。けれども、ついに夏を越せなくなって……還暦を迎えて二か月でした」

倉敷恵子は口をはさまなかった。黙ってうなずきながら聞いてくれる。耕平はそれがありがたかった。真弓が医師に予言された寿命より一年二か月長生きできたということが、耕平のせめてもの慰めになっている。誰かにそのことを聞いてもらいたかった。

もっとも、彼女の立場からすれば、それも仕事のうちかもしれない。患者の病歴や職業、家庭環境や生活背景などは、知っておく必要があるはずであった。じっさいに、耕平は小泉医師から、職業についても質問を受けていた。Sプロダクションのフリーライターとして、おもに株式を上場している会社の社史を書いている、ほかにも出版関係のいくつかの仕事にたずさわっている、と答えたけれども、よく分かってもらえなかったようだ。小泉医師はすこし怪訝そうな顔をしていた。

だが、倉敷恵子がどういう質問をしても、耕平は身構えなかった。なにかの調査の参考にされているような、プライバシーを侵されているような抵抗感は起こらなかった。

「きのうお見えになったお嬢さんは、結婚されて、都内に……」

「そうです」耕平は笑顔になった。「一人娘なんですが、結婚して間もなく、家内が乳癌の最初の手術をすることになって」

「いいことばかりはつづかないのよねえ」倉敷恵子は浮世の苦労を知っているように言って、点滴の落ち方に気を配りながら、「お子さんはまだ？」

「それが、まだなんです」

「でも、お嬢さんがいらっしゃれば……誰もいない人もいますから」

「そういうことですよねえ」

「いまは、焦らずに……個室へ移るまで、絶対安静で辛抱してください」

倉敷恵子は机のほうへ行った。耳たぶが半ば髪にかくれていて、少女のような横顔を見せている。

彼女の話では、隣の部屋にはいくつものモニターテレビが設置されているようだ。医師や看護婦が常時詰めていて、心臓疾患の集中治療をおこなうＣＣＵの患者のベッドと、手術後の集中治療をおこなうICUの患者のベッドを、各種のデータとともに、二十四時間体制で見守っているのである。

耕平は入院三日目に、うすいおかゆを食べられるようになった。倉敷恵子が一口ずつ匙で口へはこんでくれた。四日目には、彼女の助けをかりて、リモコンで動くベッドに上半身を起こし、自分でおかゆを食べることができた。そして五日目に、集中治療室から循環器病棟の個室へ移るとき、尿道に差し入れられていた管を抜いたが、その処置も彼女がしてくれた。

「痛くはないですからね」

と声をかけ、耕平に、うろたえるような、恥ずかしいような気持ちをいだかせるいとまもなく手早く処置してくれた。

三十分後、耕平は看護婦四人がかりでストレッチャーに乗せられ、エレベーターを昇って、十一階の循環器病棟の個室へ移動した。点滴の針は刺したままだった。

「運がいいのよ、瀬川さんは……誰でも五日でここへ移れるわけではないから」

個室のベッドへ移動した耕平に、倉敷恵子が言った。

「ありがとう、みなさんによくしていただいて……」

お世辞ではなく、耕平はほんとうにそうおもっていた。

「じゃ、頑張ってくださいね」

倉敷恵子はちょっとはにかむようにお辞儀をして、一緒に来た看護婦たちと集中治療室へ戻って行った。小泉医師と福井房子が残った。血圧を計り、脈を数える。耕平は急に疲れを感じて目を閉じた。

3

福井房子は、看護婦として言いたいことはためらわずに言った。動作がきびきびしていて歩くのも早い。廊下の足音で、彼女だな、と分かった。

「看護婦に甘えちゃ駄目よ。患者さん自身のためにならないから」

おっとりした倉敷恵子とちがって、そんなこともぽんぽん口にした。それではじめは、きつい看護婦だな、とおもったものだが、二、三日看護を受けてみると、自分の感情に率直な反面、根はひじょうに親切で、心が温かいことが分かってきた。

午後一時に、彼女は顔を見せて、

「きょうで点滴が取れますからね、早めに楽にしてあげようとおもって」

そう言いながら、入院以来ずっと右腕に刺さっていた長い針を抜いてくれた。

集中治療室で点滴の針を刺したのは、たしか小泉医師であった。針を刺すのは医師がおこなう決まりになっているようだ。耕平は八日ぶりに、右腕を伸ばすことができた。鼻の酸素の管や、心電図モニターに接続する胸部の電極などはつけたままだったが、利き腕が自由になった解放感で躰が軽くなった。

「三時にまた来ますからね。一一〇八号室は、比較的軽症の人が多い部屋だから、瀬川さんは運がいいのよ」

福井房子は耕平の肩をひとつたたいて、次の病室へ行った。

——運がいい？　そうかもしれないな、と耕平はおもった。運の悪いことばかりつづくと考えていたが、運は良かったのかもしれない。倉敷恵子もそう言っている。

発作を起こしてから、集中治療室へ入るまでに十五時間も経過していたのに、耕平は危篤状態に陥らなかった。あるいは、本人がその自覚に欠けていただけなのかもしれないが、結果として命に別状はなかった。ほんとうに運が悪ければ、病院へ着くまでに人生の幕は下りているのだ。

じっさい、心筋梗塞による突然死のパーセンテージはひじょうに高かった。発作後二十四時間以内の死亡率は二十パーセントにのぼり、そのうち十パーセントは病院へ着く前にすでに死亡しているという。先年、弟が急性心筋梗塞で死亡したときに調べておいたのだが、発作後一週間以内の死亡率はじつに四十パーセント、つまり十人のうち四人は助からない。それが現実であった。

弟の場合、発病後三日、あるいは一週間がヤマで、それを乗り越えれば手術ができる可能性がある、と主治医から伝えられていたが、入院して四日目の早朝、心電図に異変が生じて急死した。人の権利は平等でも、運と命は平等ではない。運命という糸は、いつ切れるか分からなかった。

身近に急死しているのは、弟だけではなかった。電話を取って、はい、と答えながら不意に倒れ、そのまま帰らぬ人となった伯父がいた。車を運転中に発作を起こし、自力で病院へ辿り着いたものの、玄関先で事切れたという顔見知りの税理士もいる。また友人の妹は、ホテルで新年会の会食中に急に胸が苦しくなり、救急車を呼んで病院へ着いたときにはすでに息が絶えていた。

耕平は大部屋へ移れるいまになって、発作後十五時間も、ただ苦痛をこらえるだけで、なんの治療も受けなかったことに、肌が粟立つような恐怖感を味わった。発作直後に、迷わず救急車を呼ばなければいけなかったのだ。生死の別れ道になるところだった。

だが、それでも、いま現に生きている。入院後、発作が起こらなかったのが不幸中の幸いであった。不整脈や合併症の兆候もない。集中治療室における手当てが行き届いていたのにちがいないが、倉敷恵子や福井房子が、運がいい、と言っているのが実感的に納得できるところがあった。血糖値が高いので食事のカロリーは制限されていたが、日ごとに体力が回復していくのを自覚していた。

三時きっかりに、福井房子が二人の看護婦と一緒に病室へ来た。六人部屋への移動は、おなじ循環器病棟の十一階の中なのでスムーズにおこなわれた。エレベーターに乗らずに済むので、ストレッチャーを用いる必要はなかった。ベッドの脚部にはキャスターがついているから、ベッドごと動かすことができた。

広い廊下へ出る。三つ向こうの部屋、——ナースステーションから数えて四つ目の部屋が一一〇八号室だった。三床ずつ二列に並ぶ六人部屋であったが、入り口近くの一床分が、ベッドがなくて空白になっている。耕平のベッドはそこへおさまった。移動は五分とかからなかった。看護婦たちが、耕平の身の回りの物も運んでくれた。

六人部屋のどのベッドにも、テレビは置かれていない。真弓が入院していた大学病院とちがって、高齢者医療センターでは病室にはテレビは置かない仕来りになっているようだ。耕平にはそれがありがたかった。

小泉医師が姿を見せる。看護婦は福井房子だけ残った。

「順調に回復しているので、大部屋になりましたけれど、無理をしたらだめですよ」

小泉医師はそう言いながら、腕の動脈に血液採取の針を刺す。この三十半ばの医師に、これまで何回血を取られたことだろう。動脈からの採血は痛かった。

「先生、これはまだ取れませんか」

空いているほうの手で、耕平が鼻の酸素の管を指すと、

「もうすこし辛抱してください。ひとつずつ取れていきますから」

医師は針を抜きながら言い、

「ちゃんと辛抱するのよ、瀬川さん……分かるわね」

と、脇から福井房子が諭すように言った。

小泉医師が苦笑いしながら部屋を出る。耕平はリモコンのスイッチを入れて、ベッドごと上半身を起こした。

「そこまで、そこまで」

福井房子が大仰な身振りで、四十五度の角度でストップをかける。まだ九十度まで起きあがってはいけなかった。

耕平は背筋を伸ばすようにして、

「瀬川と言います。CCUに五日間、それから個室に三日間おりまして、きょうから一一〇八号室でお世話になることになりました」

ともかく挨拶らしい言葉を口にして、よろしく……と頭を下げたつもりだったが、躰ごと揺らいでしまった。それでも、ベッドのみなの顔がうなずき返すのが分かった。

福井房子が耕平の肩に手を置きながら、気さくに一言添えてくれた。

「よろしく頼むわね、ここでは最年少の坊やだから」

こんどは、どっと笑い声が返ってきた。

冷やかされながらも、耕平は明るい気持ちになった。リモコンでベッドを水平に戻して仰向けに寝る。福井房子は安心したように手を振って部屋を出た。

4

一一〇八号室で最初に言葉を交わした患者は、隣のベッドの池田義幸だった。

「きのうまでは、わたしがこの部屋でいちばん若かったんですがねえ」彼は病人とはおもえないほど陽気な声で話しかけてきた。「ええ、きのう入院したんですよ。だけど、きょうはもう年長者で……いや、月日の経つのは早いもんですな」

自分のジョークが気に入ったのか、大きな声で笑った。耕平より二つ上の、六十七歳だと言った。

池田は若いころから建築関係の仕事をしてきたという。いくつかの建築会社へ勤め、四十半ばで独立して小さいながらも自前の下請け業者になった。しかし従業員を使う身分になって、いい夢を見られたのはほんの数年であった。会社は十年足らずで倒産し、彼はサラリーマン生活に戻って、中堅どころの建築会社の警備員を勤めた。心筋梗塞の発作で倒れたのは警備員になって三年目、五十七歳のときであった。十年も前のことになるが、病歴を語る彼の表情はなぜか生き生きとしていた。

冠動脈は三本とも狭窄が見られた。バイパス手術以外に、生き残れる可能性はなかった。そして、脚部の静脈を二本、胸部の動脈を一本、計三本の血管がバイパス手術のために用いられた。幸い手術は成功し、職場へ復帰することができた。定年を過ぎてからも嘱託で働いていたが、六十二歳のときに軽い発作を起こして退職した。

それからは時々動悸や息切れがすることがあったが、この夏、激しい発作に襲われた。バイパス手術のさい、自分の体内から切り取って心臓の冠動脈に接続したその血管が詰まってしまったのだ。再手術はできない。そのため高齢者医療センターに入院して、詰まった血管を広げる、いわゆる風船治療をおこなったというのであった。

「風船、――バルーンというのは、ご存じですよね」

池田は労苦を分かち合っている友だちに話しかけるように言った。

「いや、それが……話に聞いているという程度でして」

じっさい、耕平は初めての入院なのでよく知らなかった。その一事だけでも貫禄負けしそうだった。

「要するに、それは、太腿《ふともも》の動脈を切開してですね」と池田は言った。「そこから、先っぽに風船のついたカテーテルという細い管を差し込んで、心臓の冠動脈の狭窄部位を膨らませる……そういう治療なんだけれど、しかし難点があるんだよね」

池田の話にはよどみがなかった。風船治療は多くの場合、重症一歩手前の患者におこなわれ、治療後いったん血流はよみがえる。けれども、三、四か月でまた血管が詰まってしまうケースが少なくない。その点は、バイパス手術後の風船治療もおなじだと言った。また手術をするほど重症ではなくて、発病当初に風船治療を受けた患者のうち、数か月以内に血管が再び詰まってしまう確率は三十パーセントから四十パーセントにも及ぶという。そのため、結果的に年に二回も三回も入院して風船治療を繰り返し、最後にバイパス手術を受ける羽目になる患者も珍しくないということであった。

「風船はバイパスの始まりで終わりなんですよ。じつはわたしも今回、心カテのために入院しているんです。四か月まえに風船をやっているのでね」と池田はつづけた。「やはり風船とおなじように、太腿の動脈を切開して、冠動脈へカテーテルを挿入するんです。そして血管造影剤を注入して検査をするんだけれどね」

心カテというのは心臓カテーテル検査の略語のようだが、その検査のための入院は風船治療の前にも後にもおこなわれる。

「心カテや風船は、大学病院では三、四日の入院で対処しているんですよ」

と、彼は言った。しかし高齢者医療センターでは、二週間前後の入院になる場合が多かった。池田は明後日、その心臓カテーテル検査を受けることになっていた。

黒のハーフコートを片手に、背の高い女性が姿を見せた。彼女は耕平に目で挨拶しながら、池田のベッド脇のパイプの椅子に腰を下ろした。池田は風船の話をやめて、躰の向きを変えた。

耕平は目を閉じた。真弓はいない、自分には妻が姿を見せることはない。あり得ないことなのだ。そのおもいは、集中治療室にいたときよりも、個室にいたときよりも、大部屋へ移ったいまのほうが痛切だった。

真弓も大腿部の動脈を切開し、右鎖骨上部のリンパ節へカテーテルを挿入して、直接腫瘍に抗癌剤を注入する治療をおこなっている。その治療を、動注と言っていた。それはひじょうに効果があった。たった一回の治療で、リンパ節の腫瘍が消えてしまったのだ。にわかには信じられなかった。

けれども、癌はそのときすでに肝臓へ転移していた。乳癌が肝臓へ転移すると、必ず複数箇所に腫瘍が生ずる。猛暑の八月、真弓は再び大腿部を切開して、こんどは肝臓への動注をおこなった。ほかに希望をつなぐ途がなかった。

真弓の容体が急変したのは、治療後六日目の早朝だった。耕平が病院へ駆け込んだときには、ほとんど意識がなかった。かすかに唇が動いたけれど、言葉にすることはできなかった。真弓は午後二時過ぎに息を引き取った。

5

隣のベッドから、池田の声が聞こえなくなった。さっきまで自分の病歴を誇るように語っていたのだが、急に疲れたのか、奥さんの姿を見て気がゆるんだのか、いまはうとうとしているようであった。

「主人は、病気の話をしているときは、しっかりしているんですけど」彼女はパイプの椅子から腰を浮かせて、そのことが気になっていたのか、耕平に小声で話しかけた。「時々、意識がなくなったみたいに、ころっと眠ってしまうんです」

「安心されたんですよ、きっと」

耕平も低い声で応えた。

「奥さんを乳癌で亡くされたそうで、大変でしたわね」と彼女は言った。「さっき、ナースステーションでちょっと耳にしたんですけど」

看護婦たちとは顔馴染みになっている、と言いたした。池田が風船治療のために入院したときにも、毎日この循環器病棟へ通って来ていたのであった。

「逝って、二か月になります。まだ、というか、もう、というか」

池田の寝息が聞こえる。

「じつは、わたしも」彼女は無意識に手が動いたのか、両の手で胸をおさえた。「両方ともないんです」

「やはり、乳癌……?」耕平はリモコンですこしベッドを起こした。顔色はわるくないし、髪も整っていて、薄くなってはいない。いや、そう見えるだけで、鬘《かつら》をつけているのだろうか。「手術をされたのは、いつごろですか」

はじめて会った人ではないような気持ちだった。

「右を切除したのは八年も前なんです。でも、昨年、左も取られてしまって」彼女はそのことを話したかったようだ。「最初の手術から七年も経っているので、再発ではなく、新たにできたらしいんですが」

「そうですか、両方……でも、お元気そうで」

「見かけだけでも元気そうにしていなかったら、共倒れになりますから」

「そうなったら、大変なことになりますよね」耕平もそれを考えたことがあった。「わたしの場合は、そのまえに家内の容体が急変してしまって……」

「わたしは、主人が発病したのが十年前なんですが、そのときまでノウテンキなほど病気知らずだったんです」彼女は軽く鼾《いびき》をかきはじめた池田を見やった。「ですから、乳癌の診断を受けたときも、ここでわたしが挫けたら主人はどうなるのか、とまずそのことで頭がいっぱいでした」

彼女は、三十過ぎの息子が二人いるが、当てにはしていない、したくてもできないから、と笑ってみせて、

「それで、奥さんの乳癌はどこへ転移したんですか」

関心はおのずとそこへ向かった。

「最後は肝臓でした」

「やっぱり……転移すると、肝臓か肺へ行くことが多いようですね」

「はじめ腋の下のリンパ節へ行って、次に鎖骨の上へ行って、それから肝臓でした」

「わたしもじつは、リンパ節から胸骨へ来ているんです。内臓へ来たら怖いわ。いつ来るか、どこへ顕れるか……」

「でも、進行が遅いタイプだったら」胸骨と内臓とどうちがうのだろう、とおもいながら耕平は平凡な言葉をさがしあてた。「気をつけていれば、おそらく大丈夫ですよ」

「去年手術をした、左のほうの、新しい乳癌が転移したのかな」彼女はひとりごちるように頸をかしげた。「右のほうが術後七年経ったので、もう大丈夫とおもっていたら、左へ出ちゃって」

「しかし家内の知り合いにも、両方取られてずっと元気な人がいましたから」

「ずっと?」彼女の目が一瞬光った。「そういう人が、たまにいるようですね」

たまにいる、それは真弓がときどき口にしていた言葉でもあった。

池田の鼾がやんだ。薄目を開けているようだ。話し声にいらだっているのだろうか。

「無理しないようにしてください」

耕平は枕をなおして、仰向けになった。

「はい」

奥さんではなく、池田の声が返ってきた。

池田は目を覚ますと、汗をかいたとか、喉が乾いたとか、背中が痒いとか、いろんなことを言った。悦子、悦子、と奥さんに頼りきっている。彼女はお茶を汲みに行き、一緒に耕平の湯呑みのお茶もいれかえてくれた。それからタオルをしぼってきて、池田の背中を拭いてやり、着替えをさせて、洗濯物の袋を下げて帰って行った。

耕平は彼女がさっきふと口にした、共倒れ、という言葉をもういちど思い返した。耕平が倒れた姿を、真弓は見ていない。真弓にあと数か月の寿命があったら、そうなっていたかもしれなかった。

6

池田は翌日も、耕平に話しかけてきた。自分がいつ発病し、いまどうしてこの病院のベッドにいるか、という話であったが、しかしそれはほとんど昨日の話の繰り返しなのである。病歴の説明は筋道が立っていた。こまかいところも、昨日の話と矛盾してはいない。だが、病歴以外の話になると、どこかピントがぼけていて、ふいに黙り込んだり、唐突に話題が変わったりした。

三時過ぎに、悦子が姿を見せた。二人はしばらく小声で話していたが、やがて池田の声が聞こえなくなった。昨日とおなじように、ころっと眠りに落ちたようであった。

「三年前に脳梗塞の発作も起こしているので、その後遺症があるんです」池田が鼾をかきはじめると、彼女はパイプの椅子から耕平に言った。「よくなってはいるんですけど、記憶障害が残っていて」

自分が関心をもつこと以外はほとんど覚えていないし、覚えようともしなくなったという。いま聞いたことでも、すぐに忘れてしまうようだ。昨日と今日、池田としばらく話をして、耕平にもそれは実感的に分かった。

彼女は話題を変えた。

「お嬢さんがいらっしゃるそうですが、もう結婚されて？」

「はい。それで家内を亡くして、いまは一人暮らしなんですよ」

医師や看護婦にも、耕平はいくどかおなじ質問を受けている。悦子の質問にもおなじように応えて、耕平は、自分にも家庭というものがあったのだ、と考えていた。いまは、たとえ自分の住居があっても、そこはもはや家庭とはいえない。一人所帯であって、家庭とはちがう。真弓が一緒に暮らしていたからこそ、吉田橋ハイツ十階の八号室は自分たちの家庭だったのである。

池田には家庭がある、だから救いもある、耕平はそうおもいながら、

「家内の死に顔が安らかだったので、唯一それには救われました」

と、悦子に言った。

「分かるわ、その気持ち」悦子が坐りなおしてうなずいた。「死ぬってことも、大変な仕

事なのよね」

　廊下に足音が聞こえ、福井房子が病室へ姿を見せた。

「検温です」

　彼女は体温計を差し出した。

「はい」

　と、耕平は腋の下へはさむ。

「大病院には、エンゼルケアの名人というのが必ずいるものなんだ」

　奥の窓際のベッドから、元は中学の教師だったという青木和夫が話に割り込んできた。

　一一〇八号室では最も古顔だった。

　耕平は体温計を抜いて、福井房子に渡した。

「オーケー、平熱よ」

　彼女は体温計を一振りして隣の病室へ向かった。

「エンゼルケア？」

　悦子が青木に訊いた。耕平も初耳だった。

「つまりさ、死に化粧ですよ」と青木はベッドを下りてきた。「だから、遺体はみな安らかに見えるんですよ。プロの仕事ですからね」

言われてみれば、それはおそらく事実であろうが、しかし耕平は、知らなくてもいいことを知らされたような気がした。

「ということは、この病院にも、そのエンゼルケアの名人がいるってことかしら」

悦子はそう言って、鼾をかいている池田のタオルケットを掛けなおしている。

「いる、それはいるとおもうんだな」と青木は言った。同室のみなの注目を集めていることを意識している。「遺体がエンゼルなのか、遺体に死に化粧を施す看護婦がエンゼルなのか、ちょっとややこしいところがあるけれど、これもたしかにケアなんだよな」

「エンゼルは遺体のほうなのね」

悦子が訊くと、

「そう、そういうことなんですよ」

と、青木は教師風の身振りで共感を示したが、やはり元教師だったという奥さんが姿を見せると、そそくさと自分のベッドへ戻った。

「全部よくなるってことはあり得ないんだよな」

なぜか、同室の者全部に聞こえるような声で言う。奥さんに、血糖値の検査結果を点検されているようだった。

7

池田が目を覚まさないので、耕平は、

「男の子が二人いたら、心強いですね」

と、悦子に言った。自分に男の子がいないせいか、昨日の彼女の話を思い起こした。

「でも、それが、二人揃ってまだ独身なんですから」と彼女は膝に手を置いている。もう諦めている、と言いたげな声だった。「三十四と三十二で、二人ともいい年のオジサンなのに、本人はまだ若いつもりでいるんです。頭が薄くなりかけているのに」

耕平はすこし意外な気持ちで、その話を聞いた。息子たちは結婚し、それぞれ別に暮らしていて、嫁とうまくいっていないのではないか。そんな感じをもっていたのだが、二人ともまだ独身なのだという。そういう家庭は珍しくはない。しかし、両の乳房をなくしている彼女の肩に、池田の介護のほか、息子たちの食事や洗濯など、家事の負担がかかっているのだった。

「ほんとうに息子たちが、不逞な下宿人のような気がすることがあるの」

彼女はおどけて見せたが、顔は笑っていなかった。

一人の人間の盛衰とおなじように、家庭にも盛運に向かう時期と衰運をたどる時期がある。拡張期と縮小期、と言ってもいいだろう。耕平の家庭に活力があったのは、陽子がまだ幼かったころであった。

陽子の成長だけが楽しみだった。毎日、幸運とも不運とも、盛運とも衰運とも考えずに、ひたすらその日の生活に追われていた。だが、ともかく親子三人無事に暮らしていた。耕平も真弓も若かった。毎日鳥のように飛び立って、巣穴に戻って来た。これという旅行もしないで慌ただしく過ぎ去った歳月であったが、振り返ってみると、その時期が華であり盛運だったような気がする。すくなくとも、誰も病気をしていなかった。

だが、耕平の家庭に活力があったのは、陽子が小学校を卒業するまでだった。私立の中学へ行くころになると、温もりのある親子関係は過去のものとなり、高校、大学とすすむにつれて、日常の会話も少なくなってしまった。耕平の家庭の衰運期は、いま考えると、そのときすでにはじまっていたのかもしれなかった。

　陽子が結婚して、三人家族が夫婦二人に縮小した。それから半年後に真弓が発病し、乳房温存手術を受けた。けれども、一年後に再発し、全摘手術をおこなった。それから入退院を繰り返し、発病以来四年半にわたる闘病生活の末に死去した。耕平の家庭は一人に縮小した。

　夫婦というのは、よきにつけあしきにつけ家庭の記憶を共有している。耕平は共通の記憶の保持者である真弓を失って、日常の話し相手がいなくなった。そして真弓の四十九日が過ぎたいまは、自身が病院のベッドに横たわっている。いつ退院できるか、それも分からなかった。

　盛運といい、衰運といい、人が運というものについて考えるのは、運がいいときではなく、運が傾いたときらしい。それでも現在、一一〇八号室の最年少の患者として生きている。これという後遺症の自覚もない。倉敷恵子と福井房子が言ってくれたように、おそらく運がいいのだろう。まだゼロになってはいないのだ。

　自分がゼロに縮小するまで、なにほどかの時間が与えられている。しかし退院しても、Sプロダクションが製作する社史の仕事に復活することはむずかしかった。その仕事はすでに、誰かべつの人のところへまわっているだろう。いったん無くした仕事は、戻ってはこないものだ。それに時間の制約がきびしい仕事なので、病後の体力では無理だった。

多少年金をもらえる年になったのだから、いっそこのさい、しばらく気儘に暮らしてみたい。折りをみてまとめたいと考えていた大衆芸能関係の資料も、段ボールにしまいこんであったが、焦ってはいけない、とおもった。

退院したら、真弓の一周忌までにお墓を建てよう。真弓は生前、そうしてもらえるものと信じていたのだ。浄園墓地の手当てだけはしてあったが、墓まで手がまわらなかった。遺骨は墓をつくるまで、都営の霊園墓地に預かってもらっている。すべてはこれからだった。

池田が目を覚ました。昨日とおなじように、汗をかいた、喉が乾いた、背中が痒い、と奥さんに言っている。その池田の家庭は、親子四人、三十年以上も前から縮小していなかった。だが、盛運に向かってはいない。現状維持ともちがう。明らかに衰運が兆している。縮小するから衰運をたどるとはいえないようであった。

「悦子、肩じゃない、背中だよ、背中」

「はい、順にやりますから」

彼女は乳癌が胸骨に転移している患者とはおもえない身ごなしで池田の世話をして、洗濯物を詰めた袋をさげて帰って行った。

この危うい日常が、いつまでつづくのだろう。つづけられるのだろう。耕平は他人事《ひとごと》とはおもえなかった。

池田以外の同室の患者のことも、すこしずつ分かってきた。古顔の青木和夫は入院生活二か月半に及び、病院の情報に通じている。安保闘争はなやかなりしころは、日教組の役員をやっていたという。七十六歳だった。突然心臓発作を起こして意識不明の状態で入院し、現在は左の胸にヘルスメーターを埋め込んでいる。機械が規則正しく心臓を鼓動させるせいか、たえず躰を動かしている。それで奥さんに、動き過ぎては駄目なんだから、と叱られていた。

ほかの三人も、心筋梗塞か狭心症の患者だった。三人とも七十代で、六十代は池田と耕平の二人だが、妻に先立たれているのは耕平一人だった。つまり、発作に襲われたとき、そばに妻がいなかったのは耕平だけなのだ。青木のように意識不明になったりしたら、おそらく助からなかった。

主治医の小泉医師が福井房子を伴って姿を見せた。

「変わりないですね」

「はい」

「気分は？……動悸がするとか」

医師は耕平の目をのぞきこんだ。

「大丈夫です」

見返すようにして応える。

「そうですか。じゃ、明日からリハビリに入りましょう」

「分かりました。ようやく歩けるようになるんですね」

「駄目よ、急に歩くなんて」福井房子にぴしゃりと言われた。「はじめは寝たまま、脚と腕を伸ばしたり縮めたり……そのくらいのもんよ」

「それ、ひっくり返った亀の子じゃないですか」

耕平がぼやいてみせると、

「言えてる、それ」と彼女は手を打って、「だけど、手足を規則的に動かすところがちがうのよ」

真剣な顔をして言う。

耕平はそんな彼女を好ましくおもっていた。おなじことをほかの看護婦に言われたら、むっときたかもしれなかった。

「リハビリの理学療法士が来るのは、午後二時ごろ……松井峯子さん、親切な人よ。明日から来ますからね」

彼女はそう言い添えてから、小泉医師に従って部屋をあとにした。

8

翌日、二時ぴったりに、女性の理学療法士が姿を見せた。三十二、三だろうか。色白の円顔で、背が高い。一メートル七十センチはありそうだ。モニターテレビや血圧計などを載せたワゴンを押してきた。

「松井と言います。きょうからリハビリを始めますので、よろしく……」

松井峯子は人当たりが柔らかく、言葉遣いも丁寧で、声に温かみがあった。

リハビリに入るまえに、彼女はまず耕平の血圧を計り、胸に電極を貼りつけて心電図を記録する。なにか大がかりなことを始めそうな感じがしたが、福井房子が言ったように、両脚の曲げ伸ばしを十回、両腕の曲げ伸ばしを十回、初日はそれだけだった。終わるとすぐにリハビリ後の血圧を計り、心電図を記録した。

「血圧も心電図もいいですよ、脈拍も大丈夫」彼女はおおらかな声で言った。動作はすこし緩慢だったが、緊張しているのか、額に汗を浮かべている。「明日も二時に来ます。毎日、根気よく進めて行きたいとおもいます」

彼女のリハビリを受けることに、耕平は安心感をおぼえた。躰が大きいためか、器具の扱いに不器用なところがあったが、神経は細やかで、いろいろ気のつく人だった。

次の日、耕平はベッドを下りて、床に立つことになった。立ち上がるのは、入院後はじめてのことであった。

——きょうは、立つだけだな。

躰を起こしながら、そうおもった。

ベッドの端に腰かけて、床に揃えてもらったスリッパに足を下ろして立つ。すると、意外なことに、急に目の前がかすんで躰がかしいでしまった。床に立って、カウント10まで数えて静かにベッドに坐る、たったそれだけのことが、彼女が指示するとおりにできなかったのである。カウント5で、躰の重心が揺らいでしまった。

「静かに腰を下ろしてください」

と、彼女はどこかのどかな声で言う。

「はい」

耕平はそう答えて、静かにベッドに腰を下ろそうとした。だが、尻餅をつくように、どしんと腰が落ちてしまったのだ。どうしてそんな無様なことになったのか、我ながら理解できなかった。

絶対安静の集中治療室にいた期間をふくめて、入院十一日目の出来事であった。わずか十一日間で、これほど足腰の筋力が衰えるというのか。信じられない。しかし現実に、三十秒もまっすぐ立っていることができなかったのだ。

「仰向けに寝てくださいね」彼女はきのうとおなじように血圧を計り、心電図のグラフを見る。「大丈夫、大丈夫ですよ。はじめはみんな、うまく立てないんです。よろよろっとするの。それがふつうなのよね。でも、瀬川さんは、二、三日のうちに、室内を歩けるようになるとおもいます」

耕平は無言でうなずいた。彼女はワゴンを押して去った。

自分の躰を自分で動かす能力をなくしてしまったのか。耕平の脳裡に、不安が白い茸のように膨らんできた。自信というものは、なくなりはじめると一挙になくなってしまうことがある。ベッドに坐る、それだけのことができなかったのだ。大げさに考えすぎてはいけないのかもしれないが、自分が重症患者の一人として治療を受けているという事実をあらためて認識しないわけにはいかなかった。

目をつむる。いまの自分の姿を真弓に見られなくてよかった、そうおもう。真弓は陽子が生まれてから、耕平のことをパパとよんでいたが、わたしに万一のことがあっても、あとはパパが見てくれるから、と安んじているところがあった。病院のベッドにいる耕平の姿を目にしたことはなかったのだ。

隣のベッドの池田義幸は身じろぎもしないで、顎までタオルケットを掛けて仰向けになっている。午前中にいわゆる心カテの検査を受けていたので、動脈を切開した右の脚を動かすことができなかった。重い砂嚢で右脚を押さえられていた。

悦子は朝から姿を見せて、池田がストレッチャーに寝かされて血管造影室へ行くまで世話をやいていた。検査が無事に済んで、池田がベッドへ戻ってくると、こんどは彼女自身が乳癌の検査を受けるために、高齢者医療センターからバスで十五分ほどのN大学病院へ出かけて行った。ふたたび姿を見せたのは三時過ぎだった。池田がすぐに背中が痒いと言い、駄目よ、いま動いたら、と彼女は小声で叱りながらも、タオルを絞ってきて首や背筋を拭ってやって、

「とくに変化はなかったので」

と、耕平に言った。

「そりゃよかった」

池田がそれに応えた。

消灯前に、池田は元気を回復し、耕平に話しかけてきた。心カテの結果を聞かせたかったようだ。四か月前に風船治療をした冠動脈は、まだかろうじて血液が通っているという。それで今回は風船を見合わせたが、いずれ近いうちに再度の風船が必要になるだろう、と告げられたというのであった。

「問題はそれが、今後何回繰り返されるか分からないってことなんですよ」医師の応対に気に入らないところがあったのか、投げるように言いたした。「医者にできるのは、詰まったら膨らませる、また詰まったらまた膨らませる、それだけのことだからね」

耕平はリハビリをつづけた。翌日はベッド脇の床に立って、カウント10まで数えることができた。どうしてきのう腰から落ちてしまったのか、不思議な気がするほどだった。

立てるようになると、歩行訓練に入った。最初は病室の入り口からベランダ側の窓まで、往復二十歩ほどの歩行訓練だったが、これも二度目には躰のバランスが取れてゆっくり歩けるようになった。

病棟の廊下へ出て、はじめて歩行訓練をおこなった日、耕平は、洗濯物を届けに来てくれた陽子に、

「廊下を歩けるようになったんだよ、往復で二十メートルだけど」

と、急き込むようにして言った。

「よかったね。でも、元気を出しすぎないほうがいいわよ」

床頭台の物入れを開けながら、陽子は真弓とそっくりの声で言った。

「気をつける、気をつけるよ」

耕平は真弓がそこにいるように言ったが、廊下を歩けるということは、自分でトイレへ行ける、ということであった。それがありがたかった。入院以来、これほど晴れやかな気持ちになれたことはなかった。

9

廊下の歩行訓練をはじめてから、鼻孔の酸素吸入の管が取れて呼吸が楽になったが、胸の心電図の電極はまだ取ってはもらえなかった。電極のコードは腰に結わえてある小型の発信機によって、循環器病棟のナースステーションのモニターに接続され、スクリーンに二十四時間体制で病状が伝達されている。異変があればすぐに分かる。言いかえると、異変が起こる可能性もあり得る、という状態なのだ。電極には吸着性があるので、胸が赤くただれて痛痒かった。

歩けるようになって、胃腸の具合がよくなった。食後もたれぎみだった胃袋が軽くなった。けれども、右の肩、とりわけ肩胛骨下の背筋の周辺が依然として重苦しかった。鈍く痛んだ。ゴルフボールほどのしこりがあって、重みを増してくる感じだった。どういうわけか、心臓のある左よりも右の背筋が重くなった。もっとも、肩凝りと肩胛骨下の鈍痛は、もう何年も前からのもので半ば慢性化していた。

集中治療室にいたとき、その右の背筋の疼きが、いちど激しくなったことがある。

「右？　左じゃないんですか」

倉敷恵子がそう聞き返しながらも医師を呼んで、その場で心電図をとってくれた。心筋梗塞や狭心症によるものであれば、なんらかの異変が記録されるはずであった。

しかし、心電図に変化は表れなかった。背筋の痛みは、心臓とは直接的な関わりはないことが分かった。この病気はしばしば、患部から逸れたところが重くなったり痛くなったりするようだが、耕平はこれまでも、肩胛骨下の鈍痛の度合いによって、その日の体調を推し量ったりしていた。

往復二十メートルの廊下での歩行訓練を三日繰り返し、リハビリのレベルがひとつ上がったころ、背筋の鈍痛も多少やわらいできた。寝返りを打ったときにそれが分かった。食事も集中治療室にいたときは重湯だったが、個室へ移ると五分粥になり、大部屋へ移ったいまは七分粥になっている。けれども、食堂へは行けない。ナースステーションの向こうにある食堂へ行って、同部屋の患者たちと一緒に食事ができるようになるのはまだ先のことであった。

そのためには、ナースステーションの前から折り返して来る歩行訓練をクリアしなければならなかった。それができたら、もうひとつレベルが上の、エレベーターのところまで行って戻って来る。リハビリがその段階まで進まなければ、食堂へは行かせてもらえなかった。エレベーターの右側にはロビーや公衆電話があり、左側に食堂があった。

高齢者医療センターでは、一般の病院よりも予後の治療が慎重だった。それは当然のことではあったが、耕平は、夜勤明けに病室に顔を見せた福井房子に、

「毎日、アニメの兵隊さんみたいに、廊下を言われたとおりに歩いているけど、まだ退院できないのかな」

と、冗談めかして聞いてみた。

「もう退院する気？」彼女もおどけて、真に受けたような顔をして睨んでみせ、「でも、なるようになる……じゃ困るわよねえ。小泉先生に聞いてみる」

「ありがとう」

「脅すわけじゃないけど、瀬川さん、焦ったら駄目よ、この病気は……徐脈があるし」

「――徐脈？」

「脈がすこし遅くなるの」

「そうですか。そういえば、リハビリのとき、モニターの脈拍が六十以下になっていることがあったような気がする」

松井峯子がワゴンに載せて押してくるモニターテレビの画面に、算用数字で表示される数値が脳裡に明滅した。廊下で歩行訓練をしたあとは七十前後になっていたが、歩行前のベッドの上ではもっと低く、五十台のことがあった。徐脈とは知らなかった。

「明け方なんか、四十台に下がることもあるのよ」今朝は四十八になったという。「でも、心配しなくても大丈夫、わたしがついているから……と言いたいところだけれど、そうじゃなくって、四十六が最低で、三十台に落ちたことはないから」

「四十六……よくなるのかな」

リハビリは順調に進んでいたが、急に不安になった。

「その点も併せて、先生に聞いてみるわね」

彼女は独身でマンションに住んでいるようであったが、これから日勤の看護婦に引き継ぎを済ませて、電車で一駅の我が家へ帰って一眠りすると言った。

「じゃあね、くよくよしちゃ駄目よ」

病室を出るとき、永の別れのようなポーズをとって手を振った。

午後、小泉医師が姿を見せた。リハビリを終えたあとであった。

「採血しますよ」

「はい」

右腕を差しだす。静脈ではなく、動脈からだった。

「病状ですがねえ、糖尿病があるので経過を見ながら」と針を抜いてから言った。「集中治療室へ入ったとき、空腹時の血糖値が二百五十もありましたからね」

それは倉敷恵子にも聞かされていたが、正常値の倍以上に上がっていたのだ。高血圧と糖尿病は二十年来の持病なので、食事に気を遣いながら薬を服用してきたが、一進一退の繰り返しだった。目に見えるほどよくはならなかった。悪化させないのが精一杯だった。これまでもちょっと気を緩めると、上の血圧が百六十になり、血糖値も空腹時で二百を超えることがあった。

「血糖値は、すこし下がったでしょうか」

一昨日、朝食前に静脈から採血していた。

「百七十……まだまだですね」

すくなくとも百四十、できれば百三十まで下げたい、とつけくわえた。

「はい、頑張ります」

耕平はそう応えて、真弓も病院で医師や看護婦にたびたび、頑張ります、と言っていたのを思い出した。この言葉をもっとも頻繁に口にしているのは、元気で働いている人ではなく、病院の患者かもしれなかった。食事は一日、一五二〇カロリーに制限されている。体重も血糖値ももっと下がるはずなので、これも頑張るというほかなかった。

リハビリの経過はいいという。このまま継続してレベルアップをはかり、しばらく様子を見て、体力がもうすこし回復してから、心カテによる血管造影をおこないたい。それと前後して、放射性同位元素によるRI（ラジオアイソトープ）検査や、超音波による心エコーの検査なども順次予定している。したがって、退院できるのは、一応の目安として、一一〇八号室へ移った日を起点として一か月後、それより早くはならないだろう、ということであった。

一か月後というと、十一月下旬にかかる。それが目安としても、十一月末か十二月初めには退院できるのではないか。目の前が明るくなった。

「それから徐脈のことですがね」と小泉医師はつづけた。「これは心臓の機能の回復にともなってよくなります」

「よくなると、自然に上がってくるんでしょうか」

耕平はそれが心配だった。

「上がります、しだいにもとに戻りますから……焦らないほうがいいですよ」

病室を出る小泉医師を見送って、耕平は、福井房子が今朝、申し送りで話を通しておいてくれたのだな、とひとりうなずいた。彼女は看護婦として責任感がつよい。気もつよかったが、その代わり言ったことはきちんとやってくれる。いい看護婦が主任になってくれてよかった、ほんとうに運がいいのかもしれない、と自分に言った。

10

正月は自宅で迎えることができる、そうおもうと、耕平はにわかに家や仕事のことが気にかかってきた。入院が急だったので、家の中はそのときのままだった。陽子がキッチンのまわりを片づけてくれたようだが、家には誰もいない。六畳間の小さいほうの箪笥の上に、真弓の遺影が置かれているはずであった。

入院した日の午後は、耕平がフリーのライターをつとめているSプロダクションの編集者と、新宿で社史の仕事の打ち合わせをする手筈だった。翌日は神楽坂で友人の出版記念会があった。これも半分仕事がらみだったが、欠席するほかなかった。いつまでも病院にいると、仕事がみんな失くなってしまう。不安が大きくなった。

陽子に頼んで、家の郵便受の手紙を取りまとめたり、留守電を聞いてもらったりしたけれども、電話をかけることはできなかった。それというのもまだ、公衆電話が設置されているエレベーター前のロビーまで行けなかったからだ。その段階まで歩行訓練は進んでいなかった。

夜はとかく、目が冴えてしまう。考えることが、よくない方向へ向かう。なかなか寝つかれなかった。無限につづく碁盤の端を歩いていて、危ない、と目を覚ます。いつから碁盤の端を歩く夢を見るようになったのか、よく分からない。毎晩、睡眠導入剤を服用していたので、これきり目が覚めなくなるのではないか、という怯えがあった。もし発作が脳へ来たら、と考えると、神経がふるえて容易に眠れなかった。

心臓発作で意識を失う人は、少なくない。池田義幸も、青木和夫も、それから青木と同い年だという安田春吉も、耕平とおなじようにそれぞれ長い糖尿病歴があったが、発作を起こしたときは一時的に意識を失っている。奥さんがそれに気づいた。池田は寝室の床に、青木と安田はトイレの入り口近くに倒れていたというが、三人とも倒れたときのことはおぼえていないと言っている。妻がいる者のほうが、そうなる確率が高いのだろうか。

耕平は意識を失ったことはなかった。自分のそばには誰もいない。真弓が逝ってから、いつもそのことを意識している。しかし真弓が家にいたら、耕平も、池田や青木や安田とよく似たケースで意識を失っていたのかもしれなかった。

胸に痛みをおぼえたことは、これまで何回かあった。といっても、最初に突然、胸が締めつけられるような痛みに襲われたのは、十五年も前の冬のことであった。痛みは激しかったが、それが心筋梗塞か狭心症の前兆だったのであろうか。胸痛は四、五分で消え、以来十年余りもそのことを忘れていた。二度目に経験したのは三年前の冬であったが、これも病院へ行く前におさまっていた。

最近では真弓の最後の入院となった今年の夏に起こった。そのときは近くの開業医へ行って診察を受け、心電図もとってもらったのだが、異常はない、という診断だった。狭心症の症状は、発作の最中でなければ心電図には表れない。しかしこのときも、痛みは数分で消えていた。病院へ行ったときには、神経の昂りも平静に戻っていた。ふだんから肩凝りもあるし、血圧も高いし、糖尿病もあるのだから、多少のことはやむを得ない。とくに異常がなければ大丈夫だろう、そう考えてやりすごしていた。

だが、この半年ほど、ちょっと荷物を持っただけでも、疲れをおぼえるようになっていた。帝都大学玉川病院で真弓が死亡したとき、看護婦から手渡された紙袋が異常に重く感じられた。さほど重い荷物ではない。衣類が入っているだけであった。数日後、死亡診断書を受け取りに行ったが、そのときの全身の発汗も異常だった。冷房の利いた病院の中で、額から脂汗が滴り落ちた。

これらはすべて、いま考えると、なんらかの意味で心臓発作の前兆といえるようである。しかしどのような病気でも、病気になってから考えればなにほどかの前兆があったことに気づくが、病気にならなければ気がつかない、——そういうものではなかろうか。耕平は慢性的に疲労していたのであった。

リハビリが順調に進んで、エレベーター前まで歩けるようになると、こんどはエレベーターに乗り、一階の広い理学療法室へ行ってリハビリを受けることになった。だが、最初の日は大事をとって、車椅子に乗せられた。耕平は自分で歩いて行けると言ったが、そういう決まりになっているから、と福井房子が車椅子を押してくれた。

「自分で歩けるんだけれどな」

ナースステーションの前を通るとき、耕平はおもわず口にだした。いくども歩行訓練をしている廊下を、車椅子に乗せられて行くのが気恥ずかしかった。

「いいのよ、王様のような気持ちになって坐っていれば……きょう、とくに変わったことがなければ、あしたからは、もういちど車椅子へ乗りたいって泣いて頼んでも駄目なんだから……分かった？」

彼女の歩調は変わらなかった。

「分かった、泣いて頼んでみようかな」と耕平も軽口で応えて、「入院後、きょうでちょうど一か月になるんですよ」

「そう？……でも、一か月で一階へ降りて、リハビリができればいいほうなのよ」

諭すように言って、手際よく車椅子を押しながらエレベーターに乗った。十一階から一階まで降りる。広い廊下へ出て、理学療法室のほうへ曲がったところで、

「あら、瀬川さん」

と、向こうから来た小柄な看護婦に声をかけられた。

「あ、どうも……」

集中治療室の倉敷恵子だった。おもいがけなかった。何か月も会わなかったような気がする。彼女の声が懐かしかった。

「頑張って、一階の理学療法室でリハビリができるようになったの」と福井房子がそばから言った。「きょうは最初だから、これ、押してあげているんだけれど、車椅子はいやだって駄々こねたりするのよ」

「駄々こねているんですか、瀬川さん」倉敷恵子は集中治療室で耕平を看ていたときのように、車椅子に手を置いた。「でも、よかったわ……元気そうになって」

「ありがとう、もうかなり歩けるんです」

「きっとよくなります、顔色もいいし……ほんとうに、毎日よくなっていきますから」

彼女は笑顔を残してエレベーターに乗った。

「みなさんによろしく」

耕平も手を上げて言った。

倉敷恵子にとって、耕平は、ほぼ一週間置きに集中治療室のベッドを通過して行く患者の一人であった。これまでに、患者は何人も入れ代わっている。それでも彼女は耕平をおぼえていて、声をかけてくれたのだった。

「どう……集中治療室へ戻りたい？」と福井房子がささやき声になって、「お送りしましょうか」

「戻れるのなら、家へ戻りたい」

それは本音だった。

「だったら、倉敷さんばっかり見ていないで、まっすぐ理学療法室へ行って、しっかりリハビリしなけりゃ駄目」

彼女はきびしく言って、ふたたび車椅子を押した。

11

電気が点く。点いたのが分かった。朝、六時だ。睡眠導入剤を用いているせいか、耕平は頭がぼんやりしている。すぐには起きられなかった。無意識のうちに手が動いて、煙草をくわえようとする。

「駄目よ、吸ったら……また発作が起こるから」

真弓に叱られたような気がした。

ワゴンの音が聞こえる。

「お早うございます」

朝のお茶の係のおばさんは、愛想がよかった。みなの床頭台の湯呑みに焙《ほう》じ茶を注《さ》して行く。耕平はようやく目が覚めた。

入院する前、耕平は、夜は仕事をしていて、朝は朝刊を読んでから寝る、という生活をしていた。起きるのは、いつも昼ごろだった。午後は用足しや電話などでたちまちに過ぎ、夕食後、――それも夜の十一時から翌朝の五時、朝刊がくるまでが仕事の時間だった。陽子が生まれた年に勤めをやめてフリーになり、Sプロダクションが製作するいろんな会社の社史の原稿を書いた。社長や会長の伝記も書いたし、ビジネス本にも手を染めた。編集や校正の仕事にもたずさわっていたが、仕事にかかるのは決まって夜だった。

そういう生活を三十年余りもつづけてきた。煙草は毎日四、五十本吸っていた。だが、入院以来、薬の力を借りて夜眠り、朝は六時前後に起きている。煙草は一本も口にしていない。吸える状態ではなかったのだが、この機会にやめなければいけなかった。

朝食は七時だった。リハビリが進んで、耕平は食堂へも歩いて行けるようになった。カロリー制限のきびしい糖尿病食であったが、みなと一緒に食堂へ行けるだけで気持ちに張りがあった。

池田義幸は、退院が予定より延びている。彼はそれで苛立っていた。時々動悸が早くなったり、胸部に痙攣《けいれん》をともなう痛みが走ったりするという。なにかにつけて、若い主治医と反りが合わないので、精神的なストレスも加わっているようであった。

悦子が来ると、

「背中が痒い、そこじゃない、分からないのか」

と、八つ当たりをした。

「はい、はい、分かっています」

彼女は逆らわなかったが、目尻に疲労がにじんでいた。

「病気は先になったほうが勝ちみたいですね」と耕平に言った。「自分が介護されるという、その立場でありつづけることができますから」

栄養剤らしい錠剤を口に含む。耕平は黙ってうなずいた。池田にも聞こえているはずであったが、彼は器用に眠り込んでしまった。

「でも、わたし、臓器転移はしていないから、やって行けるとおもうんです」

自身に言い聞かせている。

「大丈夫ですよ、心配しすぎないほうがいいとおもうんです」

当たり障りのない言葉を口にして、いつものことだが、自己嫌悪に陥る。それは分かっているのだけれど、話しかけられて黙っていることはできなかった。

池田は目を覚まさなかった。彼女は洗濯物をまとめて家へ帰った。

耕平は毎日、八種類の薬を服用している。心臓の薬を三種類、糖尿病の薬を二種類、ほかにも降圧剤や便秘予防の薬があった。見た感じはどれもおなじような錠剤なので、朝、昼、晩、と仕分けをしておかないと、飲むときに間違えてしまう。そして朝も昼も晩も、食前に飲む薬と食後に飲む薬があった。就寝前に飲む睡眠導入剤もあった。

薬の仕分けには、陽子に買ってきてもらったプラスチック製の薬入れのケースを用いている。平たいケースは、朝、昼、夕、寝る前、と四つに仕切られていたが、その薬入れを二つ使わないと、食前と食後の薬の区別まではできなかった。夕食後、翌日の薬の仕分けをしておく。廊下を歩けるようになるまえは、食前の薬も食後の薬も、一回分ずつその都度看護婦から手渡されていたのだが、いまは二週間分の薬が入った大きな薬袋を自分で管理して服用している。そのこと自体が、リハビリの一環になっていた。

重症患者が多いナースステーションのそばの病室には、いろんな患者がいるようだ。寝たきりだが、手は動かせるので、点滴の管を引っ張って魚釣りをする元旋盤工がいる。その隣の女性の部屋には、毎夜、消灯時間になると、少女のような細い声で歌うように泣き、泣くように歌う老婆がいる。

重症患者ではなかったが、一一〇八号室の廊下を隔てた斜向かいの四人部屋には、山本三次、通称ハイカイロウサンジ、あるいはサンジさんと呼ばれている患者がいた。耕平は初めてその呼び名を耳にしたとき、俳句を趣味にしている患者を思い浮かべた。だが、それは見当違いだった。ネーミングがちょっとひねってあって、古顔の青木和夫の話によれば、漢字をあてはめると、耕平の頭に浮かんだ「俳諧老三次」ではなく、「徘徊廊三時」になるというのだ。痩身の山本三次は、夜中の三時ごろになると、身なりを整え、病棟の廊下を徘徊するのであった。

看護婦は、サンジさんが夕べも出たのよ、と言ったりしていたが、彼は夜中に背広を着てネクタイを締め、看護婦が用いるワゴンを押して、いくどもおなじ廊下を行ったり来たりするのだ。毎晩ではなかったが、しかしいったんワゴンを押しはじめると、そのことだけに意識が集中して止まらなくなった。時にはワゴンにつかまった姿勢で、廊下に生えた茸のように立ちつくしていることもある。夜勤の看護婦も三時前後は注意しているのだが、彼はその裏をかいて時間を早めたりずらしたりして出没していた。

耕平も廊下や洗面所などで時々山本三次と顔を合わせていたが、昼間はごくおとなしい患者で、誰にも笑顔を見せようとして痛々しいほどの努力をしていた。医師や看護婦にたいしても、反抗的ではなかった。むしろ、従順過ぎるくらいであったが、夜が更けると問題の行動を起こすのである。

個室にいた八十四歳の女性が死亡して、霊安室へ運ばれたあと、深夜の二時過ぎにその個室からナースコールがあった。看護婦はびっくりした。二人一組になって、懐中電灯を手にそっと個室をのぞくと、誰もいないはずのベッドの下に猫のような目が光っていた。二人はおもわず悲鳴をあげた。電気を点ける。潜んでいたのは、背広を着込んだサンジさんであった。

この怪談は、耕平の病室にもひとしきり話題を提供した。

「猫の声で唸ったっていうんだよ、ベッドの下で四つん這いになって」

青木和夫がその声を聞いていたかのように言った。

「連れ戻すのが大変だったらしいよ」

池田義幸も首をもたげた。悦子がナースステーションでその話を聞いて、池田に伝えていたようであった。

「サンジさんも、やるもんですね」

耕平も話に加わったが、昼間の気弱な山本三次の笑い顔からは想像できなかった。

「やってくれますよねえ」と青木和夫は一一〇八号室の中をワゴンを押す姿勢で行ったり来たりした。「しかしここにいる者は、みんな、誰一人として、サンジさんにならないという保証はないんだよな」

行きつ戻りつする青木の姿に、同室の患者は笑いながらうなずいた。それから、時間が止まったような沈黙が訪れた。

12

池田義幸の退院は予定より一週間遅れた。彼はその日、朝からそわそわしていた。十時に悦子が姿を見せると、いつものように背中を掻いてもらってから身支度に取りかかった。彼女に世話をやかせながら、紺の背広に紺の水玉模様のネクタイを締め、茶のオーバーを片手に、黒の中折れ帽を頭に載せた。これが池田義幸の正装のようであったが、どこか一時代前の伊達男という感じだった。

「わたしが先に逝きたいくらいだけれど、この人を残して、逝くに逝けないから」池田が久しぶりに履いた黒い靴の履き心地を気にしているのを視線のはしにとらえながら、悦子は耕平に言った。一息置いて、

「退院しても、またお会いすることがあるとおもいますので、よろしく……」

「こちらこそ」耕平も退院すれば、通院治療を受けることになるはずだった。「こんどは

外来で会うかもしれませんよね」

そのとき悦子は、おそらく池田に付き添ってくるだろう。

彼女は自分の経験に照らして、真弓の四年半にわたる闘病生活に、さまざまなおもいがかさなるようだった。両方切除した乳癌のことも、池田の心筋梗塞のことも、耕平には二言三言で話が通じる。耕平もまた、悦子とは安んじて話ができた。池田夫妻のこれからの生活が他人事とはおもわれなかった。

一方、池田より先に入院した青木和夫は、退院の予定がまだ立っていなかった。

「瀬川さんよ、ぼくは池田さんより退院が遅れて、一一〇八号室の主《ぬし》みたいになっちゃってさ」池田夫妻が病室を去ったあと、彼はもつれるような足取りで耕平のベッドの脇へ来た。「もしかすると、あんたより遅くなるかもしれないんだよ」

池田の退院が青木の気持ちを動揺させていた。

「そんなことはないですよ」耕平は青木の涙声にまごつきながら言った。「いずれにしても、一週間か十日のちがいじゃないですか」

「いや、そうじゃない、そうじゃないんだ」と青木はこぶしで頰を拭った。涙が口もとの皺を伝わっている。ほんとうに泣いているのであった。「みんなぼくより後から入院して、ぼくより先に退院して行くんだよ」

むせんで、洟《はな》をかむ。涙は不思議なほど止まらなかった。一回りも年下の耕平の前で、永年中学校の教員を務め、組合運動の闘士でもあったという青木が、ホロホロと涙をこぼして泣きやまない。耕平は言葉がなかった。ついこのあいだ、山本三次がワゴンを押す姿勢をとって、ここにいる者は、みんな、誰一人として、ハイカイロウサンジにならないという保証はない、と自覚を促すように言ったのは青木自身なのである。

彼はパジャマの袖で涙を拭き、ベッドに戻った。自己嫌悪に陥ったのか、それきりなにもしゃべらず、タオルケットをかぶっている。昼食も夕食も食べに行かなかった。熱があると言って部屋へ運んでもらい、食べるとすぐに横になった。病室のカーテンが閉ざされてからも、一人で泣いているようだった。

耕平は病室を出て、エレベーター前のロビーへ行った。理学療法室でのリハビリは順調に進み、いまは五十メートルの距離を往復二十回、千メートルの歩行訓練をこなしている。終わるとすぐに血圧と脈拍をはかり、心電図をとったが、異常は表れなかった。廊下を歩いていて、足がもつれたりすることもなくなった。

ロビーの窓から、吉田橋ハイツが見える。入院後一か月、十一月も半ばになった。真弓が死去してほどなく三か月になろうとしている。吉田橋ハイツの自宅へは、歩いて十分ほどの距離であったが、しかしいつ帰れるか見通しは立っていなかった。

郵便物も溜まっているだろう。陽子に時々郵便受けを見てもらっているが、こんどまとめて病院へ持ってきてもらおう。ざっと目を通しておくだけでもいい。眼鏡が急に合わなくなって、新聞も読んでいなかったが、そのくらいのことはできるのではなかろうか。退院に備えておきたかった。

ロビーにいるのは、耕平一人であった。テレビのある食堂兼休憩室はいつも賑わっているが、ロビーのほうは時折電話をかけにくる患者がいるだけであった。

「あら、瀬川さん、一人？」夜勤の福井房子が通りかかった。「駄目よ、そんなところで、ホームシックなんて」

ロビーの窓から吉田橋ハイツが見えることを、彼女は知っていた。

「いや、ただ外を見ていたんですよ」

と、窓辺から離れる。

誰もいないのだから当然のことながら、耕平の家だけ明かりが灯っていない。いつか来る日がそこまで来ているのだ。

「あと十五分で消灯よ。なるべくなら、夜はまだ動かないで、ベッドにいたほうがいいんだから……それとも、一晩中そこで泣いている?」

「戻ります、戻ります」

「聞き分けて、戻ったほうがいいわよね」

「泣きながらワゴンでも押そうかな」

「そんなの、リハビリのスケジュールに入っていません」

福井房子は耕平を睨み、背筋を伸ばしてエレベーターに乗る。彼女と話をして、耕平は気分がすこし明るくなっていた。

13

朝の目覚めぎわ、耕平は雨のしぶく川の中にいた。大きな川ではないが、どうしてその川の中にいるのか分からなかった。背が立つので、歩いて向こう岸へ渡ろうとしていた。

流れはゆるやかだったが、急に水量が増して足がおもうように動かない。深みへはまって、立ち泳ぎをしながら、丸太のように重い足で水を蹴った。

青い水着の若い女が、雨の川岸に立っている。真弓だった。耕平が溺れるとおもったのか、真弓は両腕を伸ばして川に飛び込もうとしている。

「やめろ、泳げないんだろう」

耕平は声をあげようとしたが、焦っているのに声にはならない。手も足も、おもうように動かなかった。倒れて流されそうになった。

真弓は川に飛び込んだ。泳げない真弓の躰が、大きな魚のように耕平のほうへ向かって来る。

「死んじゃうぞ」

叱りながらも、とっさに両腕をひらいて抱きとめていた。真弓は髪に雫を滴らせ、目を閉じている。

「大丈夫か」

真弓はうなずいている。目も唇も閉じたままだ。
二十五、六のときの顔であった。抱きあげるようにして岸へあがると、真弓はベージュのスーツを身につけて雨の中へ消えてしまった。帝都大学玉川病院で外泊許可をもらい、最後に家へ帰って来たときに着ていたスーツにちがいなかった。

はるか向こうのひとすじの青い川に、小舟が流れて行く。真弓と一緒に岸へあがった川にちがいなかったが、遠くにかすみ、小舟にベージュのスーツの背が見える。真弓、と声をかけようとしたとき、川も小舟も真弓も消えた。

耕平はベッドに起きあがった。すべてがちぐはぐな光景だったが、真弓が身近にいた気配がただよっている。耕平は青いひとすじの川と小舟を、これまでもいくどか見ている。そのたびに、誰かの背中が見えて消えて行くのだ。

耕平は真弓の気配につつまれながら、洗面器を手に廊下へ出る。顔を洗って戻って来ると、タオルケットに顎を埋めていた安田春吉が目を覚ましていて、

「出ましたか」と抑えた声で訊く。

安田も集中治療室と個室での治療を経て一一〇八号室へ回されてきたのだが、ことのほか便秘がひどいようだ。毎朝おなじことを訊くのである。自力ではまだトイレに行けなかった。

「歩けるようになれば治るんだけど」と彼は言った。「このまえもそうだったから」

「初めてじゃなかったんですか」

きのうはそう言っていたのだった。

「初めてなんですよ」

彼は落ち着いている。

「そうなんですか」

耕平は話を合わせようとした。

「循環器病棟は初めてなんですよ」と彼は言いたした。「このまえは、急に目眩《めまい》がして担ぎ込まれたのが、内分泌病棟だったんだけど」

このまえというのは、一年くらいまえのことらしい。すこし独り合点のところはあったが、しかし池田のように頭の信号が変な具合に点滅して、不意に話の脈絡がひとつ飛んだりすることはなかった。

看護婦が二人、ワゴンを押してきた。シーツとタオルケットを交換する日だった。看護婦がベッドを整えるあいだ、耕平はエレベーター前のロビーへ行った。

「暖房がすこし利きすぎるんだよな」ロビーの窓から吉田橋ハイツを見やって、真弓に話しかける。「早く家へ帰って、風呂へ入りたいよ」

青木和夫が言うように、大病院にはいわゆるエンゼルケア、——死に化粧の上手な看護婦がいるのだろう。そのためか、真弓の死に顔は信じられないほど安らかだった。耕平は安らかに真弓の目を閉じてくれた、帝都大学玉川病院のベテラン看護婦の細い指先を脳裡に浮かべた。

真弓がお骨になったとき、大腿骨のそばに、十円玉くらいの黒く焦げた、平たい金属片のような塊があった。右の太腿の動脈を切開して、肝臓への継続的な抗癌剤の動注を可能にするリザーブ留置術をおこなったが、そのさいに留置されたものではなかろうか。

「よく辛抱したな、真弓」

血管造影室前の長椅子に坐って、真弓の動注治療が終わるのを待っていたのはつい三か月前のことであったが、自分が入院する身になって、真弓の辛抱がよく分かった。白い大腿骨のそばに、なぜ小さな黒い塊が落ちていたのか、その意味が分かっているのは耕平だけであった。

焦げた塊は骨壷へは入れられなかった。白い手袋をはめた係員の手で、砕けた骨片とともに刷毛で隅へ掃き寄せられて無造作に処理された。

それから四十九日の法事まで、慌ただしく過ぎた。病院から持ち帰った真弓の下着やタオルなどを、ビニールの袋にまとめ、線香を添えて、燃えるゴミの日に出そうとしたが、四十九日が過ぎるまでは、とおもいなおして四畳半に置いてある。古い布団や毛布や服なども、耕平が用いていたものを含めて、押入れや箪笥に詰め込まれている。瀬戸物や本なども、このさい整理しておきたかった。

それにしても、四十九日の法事が済むまで、よく発作を起こさなかった。いまにしてそうおもう。そうしようと計っても、できることとできないことがある。計算や知恵だけでは計れない力が後押ししてくれたのかもしれなかった。

病状がある程度よくなって、適度な運動をつづけると、狭窄した冠動脈をフォローしている周辺の毛細管がしだいに太くなり、それが側副血行路《そくふくけっこうろ》となって、自然に生じたバイパスの役目を果たすことがあるという。そんな話を耳にした。その話を信じれば、ほんとうに毛細管が太くなってくるような気がした。

慢性化していた右肩胛骨下のグリグリも、憑き物が落ちたようになくなった。こんなに躰が軽くていいのだろうか。ふと気がついたとき、肩と腕の動きが軽くなっていたのである。血圧も血糖値も下がってきた。何種類もの薬を服用していたけれども、正常値に近くなっていた。

「瀬川さん、元気？」福井房子が病室に顔を見せた。「来週の火曜日に心カテ、——心臓カテーテル検査ができるほど回復しているってことなのよ」

「はい」と耕平は言った。「もうそろそろとおもっていました」

「なんでわたしの顔を見るのよ」

と、彼女は横目で睨んでいる。

「いや、見納めとおもっているわけじゃないんだけれど」

軽口を利きながらも、やはり心臓カテーテル検査は怖かった。太腿の動脈からカテーテルを挿入されることよりも、心臓の血管造影の結果がどう出るか、それはやってみなければ分からなかった。

14

翌日、耕平は陽子と一緒に、ナースステーションで小泉医師から心臓カテーテル検査の説明を受けた。陽子はその時間に合わせて、洗濯物を持ってきてくれた。

「心カテは局所麻酔でおこないますが、さほど痛いとか苦しいとかいうことはないとおもいます。むしろ、そのあとがちょっときついんですが」と小泉医師は言った。「二十四時間は安静にしてください。とくに動脈を切開した右の脚は、出血の恐れがありますので、曲げたり開いたりすることはできません。しかし、絶対安静を要するのは十二時間くらいですから」

「頑張ります」

と、耕平は応えた。池田義幸の心カテ後の経過を見ていたので、おおよその見当はついていた。

「発作直後の入院だったら、そのとき心カテをやって、詰まっている血塊を溶解する治療も考えられたんですが」と小泉医師は陽子の前に心臓カテーテル検査の同意書を差しだした。「しかし、その治療が可能なのは発作後数時間なので、瀬川さんの場合は現実的な課題になりませんでした。集中治療室に入ったとき、発作後すでに十五時間も経過していましたから……それである程度体力が回復するまで様子を見て、いつ心カテをおこなうか決めることにしました」

「あの、検査には」と陽子が口ごもりながら訊いた。「危険性もあるんでしょうか」
「それはまったくないとはいえません」小泉医師は目をしばたたいた。「しかし、当院において、これまで心カテの検査で事故を起こしたことはありませんので」

事故というのは、死亡事故ということだろうか。耕平はそうおもったが、口にはしなかった。

「分かりました。よろしくお願いします」

と、陽子は同意書にサインした。検査当日、立ち会うことになった。

耕平も真弓の動注にさいして、同意書にサインし、帝都大学玉川病院へ提出している。わずか三か月しか経っていない。けれども、それが、半年も一年も前のことのように感じられる。万一の場合を考慮して、親族の同意書が求められるのであるが、あれから三か月しか経っていない、とあらためて考えてしまう。真弓は動注治療の六日後に死亡したのであった。

検査の前日、

「剃毛《ていもう》です」

と、年配の看護婦が入ってきた。

「はい」

応えながら、耕平は、そうか、そういう言葉を使うのか、と感心したような気持ちでうなずいた。彼女はベッドにカーテンをめぐらせると、

「すぐに終わりますからね」

と、手早く支度をして陰毛を剃りはじめる。

耕平はなにか落ち着かない、ひどく頼りない気持ちであったが、彼女はじつに手際がよかった。ほんとうにすぐにきれいにしてしまった。

心カテの当日は、朝食と昼食を抜いた。一時十分前に、福井房子が若い看護婦たちと一緒に姿を見せた。

「大丈夫よ、心配しなくても」彼女はパイプの椅子から立ちあがった陽子に言った。「ロビーで待っていてください。ここだと疲れるから」

耕平は手術衣を着せられ、ストレッチャーに乗せられた。エレベーターで十一階から三階へ降りる。陽子は十一階のロビーに残った。

ストレッチャーは、一時ちょうどに血管撮影室に滑り込んだ。耕平はすぐに室内のベッドに移し変えられ、太腿の付け根に局所麻酔を打たれたが、痛みを感じたのはそのときだ

けであった。

太腿の付け根の動脈が切開され、カテーテルが挿入される。異物感があったのは、その管が下腹部の動脈を通るまでであった。管の中にはもう一本細い管が仕込まれている、と説明を受けていたが、その細いほうの管が心臓の冠動脈へ到達するのである。

「瀬川さん、痛くないでしょう? いま、造影剤のすこし熱い感じの蒸気が胸を通りますからね」女性の声だった。三、四人いる医師がみなおなじライトブルーの手術衣を着ているので気づかなかったが、心カテをおこなっているのは三十代とおもわれる女医であった。モニター画面を見ながら話しているようだ。「熱気が胸からお尻へ抜けますよ。でも、ほんのちょっとですからね」

意識する間もなく、灼熱感が胸部から肛門へ抜けた。たしかに、ほんのちょっと、十秒か十五秒という感じだった。

一一〇八号室へ戻ったのは、二時半を過ぎていた。カテーテルの挿入と冠動脈の血管造影は一時間足らずで終わったが、切開した太腿の動脈の止血に時間を要した。傷口を押さえながら、三十分余りマッサージがつづいた。

「動注は、止血に時間がかかるのよ」

真弓の声がよみがえる。真弓もおなじように、太腿の動脈を切開して抗癌剤を注入する治療をおこなったとき、止血のマッサージを受けている。帝都大学玉川病院の地下一階にある、血管撮影室前の仄暗い廊下が耕平の脳裡に浮かんだ。

ふたたびストレッチャーに乗せられ、エレベーターで十一階へ戻ると、ロビーで待ちくたびれていた陽子が、俯くような姿勢で病室へ従ってきた。耕平が四人の看護婦に抱えられて、ストレッチャーからベッドへ移され、右の脚を砂嚢で固定されるのを不安そうに見守っていた。

「大丈夫だよ」

と、耕平は陽子に言った。けれども、躰の向きを変えようとすると、右脚の砂嚢がずっしりと重く、自由はきかなかった。

「右脚を動かしたら駄目、明日の朝まで辛抱して」

福井房子が脚を押さえてきびしく言った。

「動かせと言われても、これでは動かせそうもないけどね」

「でも、絶対に動かさない、——そういう気持ちでいなければ駄目」

そばにいる若い看護婦たちが、顔を見合わせて笑いをおさえている。きついことを言ったり言われたりしながらも、耕平が福井房子と気が合っていることは、彼女たちも知っているのであった。

睡眠導入剤を飲んで眠りに就いたが、太腿の傷口は出血しなかった。翌日、順調に重たい砂嚢が取れて、トイレへ行けるようになった。

心カテ後も、一五二〇キロカロリーという食餌療法に耐えながら、耕平はリハビリを継続した。理学療法室における歩行訓練は千歩を越え、千二百歩を数えた。地下一階の売店や床屋へも、自由に行けるようになった。体重も入院時より六キロ減った。だが、それでも標準体重を五キロもオーバーしていた。

理学療法室から戻って来ると、廊下でハイカイロウサンジこと山本三次と出会った。退院するようだ。奥さんが付き添っている。グレイの背広に横縞のネクタイをきちんと結び、泣き顔のような笑みを浮かべて背筋を伸ばしている。元公務員、という感じだった。惚けは治ってはいないが、狭心症の治療はスムーズに進んでいるのだろう。彼は耕平に、深々とお辞儀をして去った。

15

小泉医師が耕平のベッドの脇へ来てかがみこんだ。

「採血しますよ」

腕の動脈からの採血であった。

「心カテの結果ですがねえ」と針を抜いてから言った。「三本の冠動脈のうち、右冠動脈の中程に狭窄が生じていて、それが発作の原因です。それからもうひとつ、左冠動脈の回旋枝も、かなり以前に狭窄による損傷を受けている痕跡があります。幸い前下行枝が正常に機能しているので、体力も回復しています」

「はい」

耕平も、体調はよくなっている、とおもっていた。三本の冠動脈のうち、ともあれ一本はダメージは受けていなかったのだ。

「写真を見ながら説明したほうが分かりよさそうですね」と小泉医師はつづけた。「いまでもいいですよ」

「そうしていただければ」

起きあがって、一緒にナースステーションへ行った。

「ここなんですよ、今回の狭窄は」小泉医師は机に向かうと、紙袋からフィルムを取り出して右冠動脈を指した。「九十パーセント狭窄しています」

「九十パーセント……」指し示された動脈の中程のところが、よじれた黒い糸屑のように縮れている。上部だったら危なかったのではないか。額が汗ばんできた。「いまはとくに自覚症状はないんですが」

「経過はいいんです。徐脈もよくなってきていますし」

「いろいろ、どうも……」

「バルーン、——いわゆる風船ですね、その風船治療ということも考えられますが、それもリスクがあるので、今後も内科的治療によって対処したいと考えています」

右冠動脈の狭窄を起こしている部位は風船治療のむずかしいところで、治療後、胸部の疼痛や毛細管の攣《れん》縮《しゅく》を惹起する恐れがある、という話であった。また風船で拡げた動脈が三か月後にふたたび詰まって狭窄を起こす確率は、ふつう三十パーセントないし四十パーセント程度であるが、「瀬川さんの場合はその可能性がもっと高いと考えられますね」と言いたした。ほとんど確実に詰まる、耕平はそうおもった。

安易に風船に頼ると、治療と再狭窄のいたちごっこになる。池田義幸が言っていたように、年に幾度も入退院を繰り返し、そのたびに動脈を切開してカテーテルによる風船治療をおこなうことになるのだ。小泉医師はチームの医師による検討の結果を伝えているのであろうが、風船治療の優先性を主張する意見もあるようであった。

「今後大事なのは、節制して体重と血糖値を下げること、退院後も煙草は絶対にやめること、それだけではありませんが、その二つを中心とした健康の自己管理が課題になりますね。自己管理が不十分ならば」こんどは声を低くして、「再発作が起こる可能性が高くなります。そのとき生命を維持できたとしても、体力は三分の二以下になるとおもってください。いま現在の体力の三分の二以下ということですよ」

「分かりました」

きびしいことを伝えられながらも、耕平の胸には明るい気持ちが兆していた。遠からず退院できる、そのことを前提に話をしている、そうおもった。順調に回復しているいま、あえて胸痛や毛細管の攣縮を惹き起こす恐れのある風船治療を受けたくはなかった。

十一月中に退院できるかもしれない。ベッドへ戻ってひとりごちた。すくなくとも、退院の目処は立つのではなかろうか。内科的治療は、なによりも毎日の節制が肝要だった。煙草は絶対に吸わない。酒も原則として呑まない。ごはんも入院前の半分ぐらいにする。そして、夜更かしはしない。朝起きて夜眠る。いや、夜眠って朝起きるのだ。

真弓がいなくてもやれるだろうか。やって行く。仄暗い隧道のような道をひとりで歩いて、行けるところまでやって行くほかなかった。

二日後に院長回診があった。副院長の代診だったが、彼は去年まで循環器科部長を務めていたベテランだった。若い医師と婦長を従えている。

「よかったですね、内科的処置ということに決まって」と副院長は耕平の脈を取りながら言った。「遠回りに見えても、あなたの場合はそれがいいとおもいますよ」

「はい、ありがとうございます」

回診は儀式めいたところがあったが、しかしその一言は真実ありがたかった。

じつは昨日、小泉医師が耕平のベッドへもういちど来ていた。このさい風船をやるのがベストという意見も無視できない、というのである。同意を促すような口調に変わっていた。ほかの検査も参考にして再検討したというのだが、それよりも、妻に先立たれた耕平に、はたして食餌療法を中心とした退院後の自己管理ができるかどうか、その点に疑問をいだいているようであった。

だが、耕平の退院の意志は変わらなかった。理学療法室における歩行訓練も二千歩に達していた。頭の中は退院後のスケジュールでいっぱいになっていた。

「やっておかないと、再発作の恐れもありますからね」

脅されているような気持ちがした。

「リスクは変わらないわけですよね」

「その点は変わりません」

耕平はしばらく間を置いて、

「ひとまず退院して」と応えた。なによりも、風船治療をきっかけとして、ほとんど確実に数か月置きに入退院を繰り返す結果になるのを避けたかった。「もし、調子が悪くなったら……」

小泉医師は不快そうな顔をして踵《きびす》を返した。耕平はそのことが昨日から気にかかっていた。頭が重かった。それだけに、副院長のさりげない一言に力を得た。遠回りに見えてもそれがいいという言葉に賭けてみよう、あらためてそう考えた。

「早く退院できるように、毎日頑張っています」

耕平は副院長に言った。風船治療にしろ、内科的処置にしろ、どっちを選択しても絶対ということはあり得ないのである。

「退院できるとおもいますよ」

昨日の小泉医師とのやりとりを承知しているのかいないのか、副院長はさらりと言って去った。

「瀬川さんよ、よかったな」副院長の話に聞き耳を立てていた青木和夫が耕平のベッドの脇へ来た。「あんたもいよいよ退院だな」

彼の目に涙がにじみ、それは見る見るうちに溢れだした。おれだけ、みんなにおいていかれて、古顔になって、としゃくりあげる。

「泣くなよ、青木さん。最年長者じゃないか」

同い年の安田春吉が苛立ったように言った。もっとも、生まれ月は青木のほうが三か月早かった。

「分かっている、分かっているよ」そう応えながらも、青木の涙はなおも溢れて止まらなかった。「よかったよ、瀬川さん……若い医者はな、突っつきたがるんだ、風船だとか提灯だとか言ってな。なかには看護婦の腹を風船にしちゃう奴もいるし……それはともかく、なあ、瀬川さんよ、納得できないことはやらない、妥協しない、そのほうが結果もいいんだ」

頬の涙を手で拭って、背筋を伸ばす。パジャマのズボンがすこしずり下がっているが、教壇に立つ教師の面影があった。

16

十一月末に外泊許可が下りた。週末の土曜と日曜を家で過ごし、月曜に病院へ戻って必要な検査をおこない、とくに変化が見られなければ水曜に退院という運びになった。

「ロビーへ行くの？」

福井房子と廊下で出会った。

「あそこのほうが落ち着けるから」

耕平は陽子が持ってきてくれた、郵便物でふくらんだ書類袋を手にしていた。

「なるべくなら、長く病院にいたほうがいいのよ。寒くなるし」と彼女は言った。

「もっといたくても、出なければいけない人だっているんだから」

「いろいろ心配かけて」耕平はお辞儀をした。「気をつけてやりますから」

「退院しても、ここが苦しいとおもったら」と彼女は白衣の胸を押えてみせて、「すぐに病院へ来なけりゃ駄目よ。なりふりかまわずに」

怒ったような顔をしている。

「そうならないように」と耕平も胸に手を当てて、「しっかり、頑張りますから」

「ポーズなんかつけている暇はないのよ。知っているでしょう」

「知っています、知っています」

やりこめられて、肩をすぼめてロビーへ行った。

退院したら、真弓の死亡にともなう新年の欠礼の挨拶状を出さなければ、とおもう。耕平の入院と退院の経緯にも触れておきたかった。ベッドでその下書きをしてみたが、数分で背中が重くなった。手が動かない。これほど疲れる作業だったのか、字を書くことは……

挨拶状の印刷ができたら、宛名を書くのが一仕事になりそうだった。

いまの体力では、退院はできても、締め切りに追われる社史の仕事などはできない。散歩をして、外の空気を吸って、躰の様子を見るところからはじめよう。当面の仕事は、ベッドで書いた欠礼の挨拶状を清書して、家の近くの文房具店で葉書に印刷してもらうことだ。いま頼めば間に合う。十二月五日前後には出来上がり、十日までに宛名を書いて投函することができるだろう。

土曜日の午前十時に、耕平は久しぶりに、床頭台の上の物入れにしまっておいた背広を着て、ショルダーバッグを肩にした。

「外泊か、瀬川さんよ」

青木がベッドのそばへ来た。

「ちょっと、家へ行って来ますので」

彼の目が潤んでいる。涙を見ないうちに病室を出た。

エレベーターで一階へ降りる。広い廊下を通り、土曜で閑散としている外来待合室を抜けて、玄関脇の公衆電話でタクシーを呼ぶ。歩いても帰れるとおもったが、大事をとることにした。

タクシーとほとんど同時に救急車が入ってきて、専用の車寄せに停まる。悦子が降りてきた。男たちの手で、担架が下ろされる。顔は見えなかったが、池田義幸にちがいない。悦子は耕平に気づかなかった。

「行きますよ」

タクシーの運転手が声をかけた。

悦子と話をするいとまはなかった。彼女は救急隊員の後ろから、担架について病院へ入って行った。大丈夫だろうか、彼女……担架の池田の姿が明日の自分の姿かもしれないとおもいながらも、彼女の面やつれした横顔が消えなかった。

タクシーは五分もかからずに吉田橋ハイツへ着いた。一階郵便受けの郵便物を持って、エレベーターを昇る。五十日ぶりだ。十五年もこのマンションに暮らしてきたが、これほど家を空けたことはない。冷たい風が吹き抜ける廊下を歩いて、玄関に立つ。

「帰ったよ。水曜に退院できるんだ」

と、ドアを開ける。

誰もいないのは分かっている。真弓のベージュの靴があった。そうだ、この靴は、いつも玄関へ置いておこう。そうおもって揃えなおした。

「これからが正念場よ」

キッチンへ入ると、真弓が六畳間から振り向いたような気がした。

「おれもそうおもっているよ」

床にショルダーバッグを置き、ガスの元栓を開く。腰を屈めた拍子に、鳩尾《みずおち》がびくっと痙攣した。よじれた屑糸のように写っている、冠動脈のフィルムが脳裡をよぎった。

静かに息を吸う。それからストーブを点け、風呂場へ行って蛇口をひねる。水はすこし濁っていたが、すぐに透明になった。

痙攣はおさまっている。静かだ。そして一人だ。一人で暮らす日が最期の一日までつづくのだ。耕平はキッチンの椅子に腰を下ろして、湯船を満たす水の音を聞いた。二度と帰れないかもしれない、と考えたこともある我が家へ、胸を押えながらも帰って来た。湯船の水の音が部屋全体を満たしている。

17

耕平は無事に退院して、マンションの一人暮らしに戻った。すこし落ち着くと、やりたいことが次々と浮かんできた。古い衣類をまず整理したかった。病院にいたときから考えてきたので、まっすぐにその気になっていた。自分のものも、真弓のものも、不要なものはいっさい捨てたい。古いものを着て、新しいものをしまっておいても、いつ着られなくなるか分からないのだ。そのことは身に沁みて感じている。

しかし不要なものを捨てるだけでも、それ相応の体力が要る。用心しながら、すこしずつ片づけるほかなかった。押入れにはほとんど使っていない電気器具や、段ボールに詰め込まれている本もある。このさいおもいきって処分したほうがよさそうだったが、すぐには手をつけられなかった。

それより先にやらなければならない、目先の問題があった。郵便物が溜まってしまったのだ。入院中に溜まったぶんに年末年始の郵便物がかさなって、耕平は新しい年を迎えてもその整理に明け暮れしていた。真弓の死亡通知は分かる範囲には落ち度なく出しておいたつもりだったが、かなりの数の賀状や手紙が来て、その返信を書くだけでも疲れてしまった。考えてみれば、このあいだまで病院で酸素吸入を受けていたのだから、無理がきかないのは当然だった。

急性心筋梗塞にたいする恐怖感は、退院してからのほうがつよくなっている。死亡率四十パーセントだ。入院前後のことをおもいかえすたびに、背筋に汗がにじんだ。

正月用に買った餅を焼く。海苔を巻きながら、

「なんとかやっているよ、真弓」と言った。真弓がいない初めての正月であった。「鯛とか数の子なんかは買わなかったんだ。カロリーオーバーで、正月早々医者にとっちめられることになるからな」

小魚をつまみに、冷やの酒をすこし呑んだ。煙草は絶対に駄目だが、アルコールはすこしならいい、ということになっている。真弓にも餅を供える。

二月の初めに、大雪が降った。朝、吉田橋ハイツ十階の窓を開けると、家々の屋根もビルも道路も一面雪に埋まっていて、車も動いていない。雪は夜半から降りはじめたのだが、

予想以上に積もって、遠方に見える高速道路にも車は走っていないようであった。寒い。窓を閉めて、ガスストーブを点け、キッチンの椅子に坐る。誰もいない。いるはずがなかった。動悸がする。そんな気がして、用心のために発作予防の舌下錠を口に含む。それからカーディガンを着て、電気ポットのボタンを押してお茶をいれる。瞼裏《まなうら》に蛍光灯に照らされた集中治療室の白い壁があった。

雪の白さに恐怖をおぼえるとは考えてもみなかった。昨夜、ベランダの窓から、雪におおわれた十二階建ての高齢者医療センターに目をやって、急に恐れがふくらんだのであった。心臓の血管が痙攣するような、躰が内部から冷えて行くような恐怖感を味わった。毎日何種類もの薬を服用しているので、そのせいだろうか、とも考えてみたが、薬の副作用というより心理的な怯えが先に立っている。集中治療室とおなじような、白一色の世界が怖かった。

急に誰かに電話をしたくなって、おもいとどまる。つんのめりそうな姿勢で辛うじて踏みとどまっている、——我ながらそんな情けない感じだった。話をする相手がいない、それがふつうの毎日になったのだ、と自分に言いながらも誰かと切実に話をしたかった。

この雪では、きょうは日課にしている散歩にも行けない。禁酒、禁煙、節食と併せて、毎日の散歩も健康管理のひとつであった。高齢者医療センターでは、退院までに、理学療法室で一日二千歩の歩行訓練をかさねてきた。目標は一日一万歩であったが、いまは午前二千歩、午後三千歩、計五千歩まで進んでいる。退院後二か月、寒い季節を、午前は買い物がてら、午後は喫茶店で本を読んだり、調べ物をしたりしながら、すこしずつ足腰を慣らして、ともかく無事に過ごしてきた。

きのうも、出かける前に、ハーフコートを着て、

「行ってくるよ。ガスも電気もみんな見たからね、万歩計も付けたし」と真弓の遺影に言った。「うん、手袋も持ったよ」

玄関のドアに手をかけて、ストーブを消し忘れていたのに気づいた。それでなくとも、真弓と二言三言、話をしてから出かけたほうが安全だった。財布か、買い物のメモか、腕時計か、万歩計か、なにかを忘れている。話をしているうちに、それに気づくのである。真弓は心のなかに生きている。日々の存在感はむしろ大きくなっていた。

きのうは晴れていたが、風が冷たかった。

散歩コースの、桜町商店街のアーチのなかで、

「瀬川さん」

と、池田悦子に呼びとめられた。自転車に乗っている。

「あ、どうも……よく会いますね」

耕平も足をとめた。

「二度目よね」

と、彼女は自転車を下りた。

耕平が退院してから、二度目ということであった。隣町に住んでいるので、暮れにもスーパーマーケットの近くで会っている。そのときも、立ち話をした。

「ご主人は、その後いかがですか」

耕平は通院日にいちど、再入院した池田を見舞っている。悦子がベッドのそばにいた。彼はひじょうに喜んでくれたが、舌がもつれていて、話がよく聞きとれなかった。電話を急いで取ろうとして、廊下で滑って発作を起こしたようであったが、悦子の通訳が必要だった。それから二週間ほど経っていた。

「おかげさまで、池田はかなりよくなっています」と彼女は言った。黒いコートの襟に、薄茶のマフラーがのぞいている。「きょうはわたしの診察日で、N大病院へ、検査の結果を聞きに行った帰りなの」

その検査結果が気になっているようだった。

「お急ぎでなかったら」

と、耕平は言った。

「ええ、買い物も済ませたので」

自転車の荷台にビニール袋がのっている。

「じゃあ、そこでお茶でも」

本屋の二階が喫茶店になっている。耕平は時々その店に寄っていた。

「そうですね、ちょっと」

彼女は本屋の脇道に自転車を止める。

「はじめはこの階段を昇るのも、びくびくものだったんですよ」

病院の理学療法室にしつらえられたリハビリ用の階段は三段か五段程度なので、退院後はじめて昇る喫茶店の階段は長い急坂という感じだった。手摺りにつかまって、用心しながら昇ったのであった。

「でも、自信はもちすぎないほうがいいみたい」

後ろから悦子が応える。

「そうですよね」

耕平にもおもいあたることがあった。棚の本を下ろしたり、浴槽を洗ったりするときは、急いではいけない。息が切れるだけでなく、足もとが危うくなった。電話は家にいるときでも、留守電にセットしている。一人暮らしをしていると、風呂場で電話のベルに気づいて急に飛び出したりすることがあるが、そういうことが危険なのである。

本屋の二階の喫茶店は、窓際の席が空いていた。

「喫茶店へ寄るの、久しぶり……ほんとうよ」

と、悦子はコートを脱いで席につく。下の通りの商店街の人の流れにしばらく目を遊ばせていたが、検査結果についての医師の言葉に不安を抱いているようであった。

18

医師の言葉は、なにげない一言でも、気になって眠れなくなることがある。真弓もそういうことがあったし、耕平にも経験があった。

「先生に、大丈夫ですかって訊いたら、胸骨のほうはとくに変化は見られないし、内臓への転移はないようだから、大丈夫だって、そうおっしゃるんだけれど」悦子は紅茶のカップを置いて言った。「だから、いま急に入院とか、そういうことはないって言ってくださるんだけれど」

胸骨への転移は半年前に告げられていたが、自覚症状はさほどではなかった。それよりも、きょうは白血球が案じていたほど低下していなかったので、ほっとした。医師がそのことで、なにか一言、力になることを言ってくれるかと期待していた。だが、なにも言ってくれない。数呼吸待ったが、黙っている。悦子はお辞儀をして診察室を出た。

「先生はただ、当たり障りのない、適当な言葉が思い浮かばなかっただけなのかもしれないけれど」と彼女は言った。「でも、それ以上は訊けなかったわ、怖くて」

怖くて、と言いながらも、彼女の表情にはむしろ生気があった。グリーンのセーターの胸に目をやって、悪戯っぽく片目をつむる。そこにはもうないはずの、両の乳房のふくらみがあった。

「奥さんは、片方だけですよね」

さりげなく訊いて、知っていることをたしかめてみる。

「そうです、右のほうです。手術後一年で再発し、それから化学療法科へまわされて、余命は一年半と言い渡されて」耕平も紅茶のカップを手に取った。「でも、病院を変わって、予告された寿命より一年二か月長生きできたので……それだけが」

一年二か月、と耕平はいくたびも考えてきた。ほかの誰でもない、自分自身を得心させたかった。

真弓は入退院を繰り返しながらも、気分のよい日もあったので、耕平は一緒に寿司屋やレストランへ行ったりした。芝居や映画も観ている。旅行にも行った。延命というより、それだけの寿命があったとおもいたかった。死の二日前まで、真弓は病院の廊下を看護婦の手を借りずに一人で歩いていたのであった。

「お亡くなりになったのは、たしか昨年の夏ですよね……夏場はやはり」

彼女も毎年のように、夏場に体調をくずして寝込んでしまうという。

「冬より夏のほうがこたえるようですね」真弓を看てきてそうおもったのだが、それはまた自分の体調の実感でもあった。「八月に亡くしてから半年になりますが、いまでも、目を覚ますと、家内が台所でなにかコトコトやっているような気がして」

「分かるわ。朝、――朝でなくとも、目を覚ましたときの、その気持ちが」

「音はしていないんだけれど、聞こえるんですよね」

彼女とは、うつつにその音を聞いているときの気持ちを実感的に分かち合うことができた。

「最後はやはり、肝臓へ」

悦子がたしかめたかったのは、そのことだったのだろうか。

「肝臓に、なにか」

おもわず訊き返すと、

「なにもありません、肝臓へは来ていません」

と、つよく否定した。

「だったら、大丈夫ですよ」耕平は笑顔を見せようとした。「家内はいくどか転んだり転びそうになったりしたけれど、足もとに気をつけていれば」

「転びそうに……台所なんかでも？」

力づけるつもりで言ったのだが、彼女はショックを受けたようだ。

「家の中より、駅の改札口とか、階段ですが」

真弓と一緒に出かけるたびに、耕平は、「気をつけてくれよ、足もとに」と注意をしてきた。けれども、いまは、「足もとに気をつけろよ」と自分に言いながら、手摺りにつかまって階段を昇り降りしているのであった。

「わたしも、用心しなければ」と悦子は言って、スラックスの脚を組みかえる。「主人のことではいろいろご心配をおかけしましたけれど、来月初めには退院することになるともいます」

「退院、――それはよかったですね」

しかし、おめでとう、と言おうとして、語尾がくぐもってしまう。病院の事情が許せば、もうしばらくは入院させてもらいたいのではなかろうか。退院を求められているようであった。

池田が退院すると、悦子の負担はいまよりも大きくなる。両の乳房をなくしている彼女が、倒れかかる樹木を支えるようにして、自宅で二十四時間、池田の看護をすることになるのである。

「なにかもう、あくせくしても仕方がない。なるようになって行く。そう心に決めて、居直っているんですけど」彼女は肩をすくめ、そして咳き込んだ。咳はすぐには止まらなかった。「考えきれないことって、どのへんで投げて、居直ったらいいのか」

ハンカチーフを口に当て、またしばらく咳き込んだ。

「迷いますよね、そこのところは……大丈夫ですか」

「ごめんなさい、もう大丈夫……行きつくところは、自分で歩けるところまで歩いて行く、ほかにどうしようもないとおもうのよね」

「行きつくところまで歩いて行く、お互いに」耕平も同感だった。「そして、我が家になにがあっても、我が身になにが起こっても、世間様はきのうとすこしも変わらない」

「わたしも電車やバスの中で、みんなどうやって毎日無事に暮らしているんだろう、と座席を見まわしてしまうことがあるわ。池田はなにもできないし、なにもしない人だから、わたしが先に逝ったら、どうなってしまうのか」

「考えすぎですよ。息子さんが二人いて、一緒に暮らしているんでしょう」

「ところが、その息子たちが、きのうとすこしも変わらない世間様なのよ」と彼女は言った。「主人が入院しているとき、長男が病院へ来てくれたのはいいんだけれど、口もきかずにベッドのそばへ突っ立って、三分もしないうちにぷいと帰っちゃったの。万事がそういうふうなんですから」

日常会話がほとんどなかった。食事を一緒にすることもほとんどない。顔を合わせても、見合いと結婚の話はタブーだった。

「体調がよくなれば、気分も考えかたも変わってきますよ」

「そう、それはもう、現金なくらい……その点、大病をしたことのない人には、体調のいいときと悪いときの気分の落差は分からないとおもうわ」

「体調がよくないと、血糖値がちょっと上がったくらいで、すぐに失明するような気になったりして……あせらずにやりましょう」耕平はそう言って、伝票を持って立った。「ともかく、いまは、お互い、無事に歩けるんですから」

「自信というのは、なくなるときには、ほんとうに怖いほど、一気になくなっちゃうのよね。そして急に耳鳴りがしたり、腕が上がらなくなったりして……だけど、きょうは、すこし元気になったわ」彼女が先に階段を降りた。「こんどお会いしたら、わたしにおごらせて」

明るく言って、通路脇へ停めておいた自転車に乗る。手を振って、商店街をペダルを漕いで抜けて行く。病院通いをしているとは見えない後ろ姿だった。

それから、悦子と会っていない。池田はもう退院したのだろうか。今朝のこの雪を、彼女も自宅のマンションの窓から見ているような気がした。

テレビの天気予報を見ながら、左の耳の上にできたコブに触ってみた。このさい手術しておいたほうがよさそうだ。三年ほど前から気になっていたのだが、当時は仕事に追われていて、そこまで手がまわらなかった。真弓の看護が先だった。

コブはかなり大きくなっている。二センチ、いや、三センチくらいあるかもしれない。高齢者医療センターの外科で診てもらうことになっていた。

19

翌日、耕平は、朝八時半に家を出た。晴天だった。すこし遠まわりになったが、雪掻きのできている商店街を通って病院へ行った。雪が降っても、病院の混雑はいつもと変わらなかった。外来診察室前の廊下の長椅子は、どれも満員だった。内分泌科の診察だったらまず中央採血室へ行くのが手順だったが、きょうは外科である。コブの診察なので、採血はなかった。循環器科や内分泌科に較べると、外科はさほど混んではいなかったが、それでも十人余りの患者がすでに長椅子に坐っていた。

頭部のコブに最初に気づいたのは、池袋のワンルームマンションの仕事場に泊り込んでいたときだった。耕平は疲れが溜まると、体調の変化を知らせるシグナルのように躰中にジンマシンができる。仕事場で建設会社の社史の資料を読んでいた夜も、急に頭の芯まで痒くなった。シャワーを浴び、髪を洗って、左耳の上に小指の頭ほどの柔らかいコブがあるのに気づいた。けれども、常備薬のジンマシンの薬を服んで痒みがおさまると、コブのことも忘れてしまっていた。

ほかにも持病があった。結核で療養生活を送ったのは五十年近くも昔のことであったが、二十年来の糖尿病はいまも治療を欠かせなかった。カロリー制限をして、薬を服み、定期的に血糖検査を受けていたが、一進一退でよくはなっていない。

いま考えると、狭心症の前兆だったかとおもわれる発作も経験している。だが、胸がちょっと痛かったり苦しかったりすることは誰にでもある、と自分を納得させていた。悪いところを自分で探す気にはなれなかった。

真弓もこれという病気はしていなかった。会社へ勤めていた。陽子も大学を卒業して就職した。耕平も仕事場へ行き、新宿辺で仲間とよく呑んでいた。毎日、いまの何倍も躰を動かしていたが、さほど疲れなかった。それだけの体力があったから、先のことをあまり考えなかったのかもしれない。

陽子が結婚してほどなく、真弓が乳癌の手術をしてから、生活のリズムが変わってしまった。ふと気づくと、暗いトンネルの中を歩いていた。坐り込んでいることもあった。真弓は術後一年で再発して、化学療法科へまわされた。再発後一年半の死亡率五十パーセント、五年後の生存率十パーセントという進行性の乳癌だった。治癒する見通しは立たなかった。

真弓は入退院を繰り返し、そのたびに体力を消耗した。耕平は池袋の仕事場を引き払った。やむを得なかった。家で真弓の病状を見守りながら、Sプロダクションの仕事をつづけることにした。

それにしても、昨年は節目の年だった。真弓の四十九日の法事を済ませてほっとしたとき心臓発作に襲われ、病院へ行くとストレッチャーに寝かされて、まっすぐに集中治療室へ連れて行かれた。そして退院後のいまも、外来患者として定期的に診察を受けている。おそらく今後とも、病院と縁が切れることはないだろう。ゆっくり歩かないと、息が切れたが、自分の足で歩けるのがありがたかった。

これからは、毎月病院へ来ることと、毎日薬を服むことが仕事になってしまうのだろうか。視力も衰えてきた。しかし眼鏡を新しくして、いつかまとめたいと考えている大衆芸能関係の調べ物もしているし、単行本も読んでいる。息切れがするといっても、杖を頼らずに歩くことができる。

体力をつけよう、すべてはそれからだ、と自分に言った。だが、その一方で、じつは健康になるのを怖れてもいた。内心そういう気持ちが働いている。そしてそのことを、認めること自体が怖かった。躰全体が頭の中にあって怖れているような感じがした。

これから先、躰が順調によくなって、カロリー制限をしながらも、毎日おいしくご飯を食べて、煙草は絶対に駄目でも、お酒もコーヒーも時々おいしくいただいて、そして結局なにもしなかった、できなかった、そういうことになってしまったら？　よくある話だ。そうなったら、健康を取り戻してそれから、という言い訳はもはや通用しなくなる。自分を騙すことができなくなるのだ。

「それで、これからなにをする？」

自分のくぐもった声が問いつめてくる。

「だから、当面化膿しないうちにコブの手術をして、それから毎日一万歩ずつ歩いてトレッドミルの検査をパスする。そのくらいまで体力を回復して、それから」

トレッドミルというのは回転しながら動くベルトコンベアの上を歩行する運動負荷検査であるが、検査時間の経過とともに坂道状の傾斜がしだいに急角度になり、それに伴ってベルトの回転の速度も急になる。全身が汗ばんで、呼吸が荒くなってくる。耕平は退院前にそのトレッドミルの検査を受けていたが、息切れがしてドクターストップがかかった。最後まで頑張ることができなかった。ストップがかかってから、いくどか心電図が記録された。

「そのトレッドミルをパスして、それからどうする?」

また声がする。

「血糖値とヘモグロビンA1c《エーワンシー》の数値を下げて」

血糖値は容易に下がらなかったが、正常値が五・九パーセントのヘモグロビンA1cも最近悪化して、八パーセントを超えている。八パーセント以上になると、合併症を起こす危険性が数倍になると医師に注意されて、必死のおもいで減量につとめていたが、さほど効果は上がらなかった。

「そのヘモグロビンA１ｃもよくなったとして、それから？」

声はやまない。

「………」

それからどうなるのだろう。年とともに、頭も躰も敏捷には働かなくなって行く。反応が鈍くなる。歳月はゆるやかにめぐっていても、けっして容赦はしないのだ。

「瀬川さん、瀬川耕平さん、診察室へお入りください」

「はい」とあわて気味に立ちあがる。「そうだ、きょうはコブの診察だった」

けれども、すぐに診察を受けられるわけではなかった。廊下の長椅子から、診察室内の椅子に坐る順番がきた、ということである。これは大病院の一種のセレモニーだ。もういちど呼ばれて、仕切りのベージュのカーテンを開けて中年の医師の前に坐るまで、さらに十五分要した。

医師はコブを触診して、レントゲン写真を撮った。

「悪性の腫瘍ではありませんが、これだけ大きくなったら手術したほうがいいですね」フィルムを見て、もういちど指でコブを押した。「いずれ化膿しますから、その前に切りましょう」

「膿むとすごい嫌な臭いがするんですよ」

看護婦がそばから言った。

耕平も手術をするほかないという気になったが、

「分かりました」

「急な変化はないとおもうので、手術は六月か七月あたりに」

と、医師は慎重だった。

心筋梗塞の患者は、退院後半年くらいは麻酔を射ったり手術をおこなったりするのは避けたほうがいい、というのである。

六月に再度診てもらうことにして、そうか、そういうことになるか、とつぶやきながら診察室を出る。ストレッチャーに寝かされて集中治療室へ送り込まれたとき、そのまま帰らぬ人になっても不思議ではなかったのだ。退院後二か月無事に過ごしているといっても、再び発作が起こらないという保証はない。そのことをあらためて認識させられた。退院するとき、なにかあったらすぐに連絡するように、と福井房子からナースステーションの電話番号のメモも渡されていたのであった。

エレベーターで一階へ降りる。外来受付のロビーには空いた席がない。マイクがたえず

誰かの名前を呼んでいる。耕平が立ったまま会計の順番を待っていると、

「よう、しばらく」

と、後ろから声をかけられた。

入院中、おなじ六人部屋にいた安田春吉が立っていた。若いころは繊維問屋の営業マンだったと言っていたが、黒のなめし皮のコートを着て、背筋を伸ばし、顔いっぱいに笑み皺をつくっている。病室にいたときより二つ三つ若く見えた。

「やあ」耕平も懐かしかった。「お元気ですか」

同室の患者に会うのは初めてだった。

「元気、元気」

安田はそう言いながら握手を求めた。

20

安田のそばに、背は低いが、肩幅の広い、人の好さそうな円い顔をした男がいる。目で挨拶したので、耕平も礼を返したが、入院中に会った記憶はなかった。

「柿沼さんです」と安田が紹介した。「病気では先輩なんだ」

「柿沼です、よろしく……もう幾度も入院していまして」ワンテンポ遅れた感じで彼は言った。言語障害の後遺症が残っているようだ。「生まれ年は安田さんが一年早いんですが、病院ではわたしのほうが先輩なんです、循環器科も内分泌科も……自慢にはなりませんがね。最初に入院したのは四年前のことでして」

五年前までタクシーの運転手をしていたが、狭心症の発作を起こして入院し、それからこの四年間に五回も入退院を繰り返しているという。安田とはおなじ町内で家も近かったが、親しくなったのは病院で出会ってからだと言った。

「ともかく、循環器病棟が四回、内分泌病棟が一回」と柿沼はずっこけてみせた。「内分泌病棟に入院したのは、三回目のときですが」

耕平とおなじように、やはり四十代から血糖値が高かった。

「瀬川さんは、風船やったんだっけ？」

と、安田が訊いた。

「いや、わたしはやっていません」

やったのは、池田義幸だった。

「わたしはその風船を、四回もやっているんですよ」

柿沼が割り込むようにして言った。

「――四回？」

耕平はおもわず聞き返した。そのたびに腿の動脈を切開して、カテーテルを挿入したのだろうか。血管撮影のさいの、熱気が胸から肛門に抜ける感覚がよみがえった。

「そうなんですよ、四回……やってもやっても詰まっちゃって」柿沼は口をもぐもぐさせて言いたした。「あれは一度やると、なんというか、悪い遊びみたいに、一度が二度、二度が三度と癖になるんだねえ」

「なるほど……それで何か月置きかに」

「三、四か月か半年、よくて一年、わたしの場合はそんな感じですねえ。医者は詰まったらまた風船やって広げればいいって言うんだけど、あちらはそれでいいかもしれないよ。だけど、こっちは生身の躰だからね」

もういちどずっこけてみせる。喋り方はすこし舌たるいが、話好きだった。

そういえば、池田も柿沼とおなじようなことを言っていた。もっとも、池田の場合は、十年前のバイパス手術の血管が詰まって、風船治療を受けていたのであった。自分の脚と胸の血管を用いて手術をおこなったので、その血管にはもう代わりがない。再手術はできなかった。医師も、いつまで持つか、そのときまで見守っているほかないようだった。

その点、柿沼はバイパス手術は受けていないので、池田ほど切羽詰まってはいない。けれども、風船を繰り返すことによって、最終的にバイパスという結果になるかもしれない。のんびりしているようにも聞こえるテンポのずれた話をしながらも、柿沼はその不安をたえず感じているのにちがいなかった。

「このあいだ、外来の循環器科の廊下で、背広にネクタイのサンジさんに会ったよ」と安田が耕平に言い、両手を前に出してワゴンを押す仕種をした。「それでも、彼、おれをおぼえていてくれてさ、向こうからお辞儀をしたんだ。でなけりゃ気がつかなかったな」

それから柿沼に、山本三次こと徘徊廊三時のサンジさんの説明をして、

「ちょっとコーヒーでも飲もうか」

と、耕平に言った。

柿沼が先にうなずいている。会計を済ませてから、三人一緒にロビーを出た。

廊下の行き止まりのエレベーターに、若い看護婦が乗る。後ろ姿に見覚えがあった。集中治療室の倉敷恵子だった。耕平は手を上げたが、扉はすぐに閉まって、上へ昇って行った。彼女は気がつかなかった。

「青木さんには、いちども会っていないんですよ」

エレベーターを待つのも面倒なので、階段を降りながら安田に言う。喫茶店は地下一階にあった。

「このあいだ池袋の駅で、奥さんと一緒にいるのをちらっと見かけたけど、泣いちゃいなかったよ」と安田は皮肉っぽく言った。「彼のほうも、分かっていたんじゃないかとおもうけどな」

しかし、互いに気づかないふりをしていたという。安田は自分の感情を偽ったりしない。

病室で手放しで泣いていた元日教組闘士とは、どうにも相性がよくないようだった。

セルフサービスの喫茶店は、売店と食堂の並びにあった。耕平は初めてだったが、二人はいくどか寄っているらしい。自動販売機でそれぞれ券を買って、円いテーブルを囲んで腰を下ろした。

「年だな、このごろ足がやくざになってきてさ」

安田が膝をさすりながらぼやいたが、柿沼は彼の足の話にはお構いなく、

「わたしの胸の血管には、板が入っているんですよ」

と、耕平に言った。

「板?……」

安田が聞き返した。初耳だったようだ。耕平も意味がよく分からなかった。

「板というか、筒というか、ともかく風船なんですよ」

柿沼はコーヒーを一口飲んで、自分がじっさいにやっているのだから間違いない、という顔をしている。ことさら意表を衝く言い方をしているのではないようだ。

度重なる風船治療の説明は、訥弁の雄弁というか、舌をもつれさせながらも、話は熱っぽくなった。切れ間がない。耕平も安田も聞き役にまわった。

「それで昨年の八月に入院したとき、こんどは血管に板を植えてふくらませたので、これで大丈夫とおもっていたら、また詰まってきているというんだ。がっくり来ますよ」

しかし柿沼の円い顔は、がっくり来ているようには見えない。彼自身が当事者という感じがしなかった。

「昨年植えた、その板っていうのは、ステントのことだろう」

安田が口をはさんだ。

「そんなこと、言っていたな」

と、柿沼は額に手をやったが、とぼけているのでもないようだ。

「ステントって、金属で出来ているんですよね」

耕平もステントの話は聞いてはいたが、詳しいことは知らなかった。

「だから、動脈の太さくらいの、網目状になった金属の筒なんだよ」安田が知識を披露した。「カテーテルで冠動脈の患部へ導入して、風船でふくらませると網目が広がるから、そのままそこへ置いてくるんだ」

そういえば、雑誌の心臓病の特集で、「冠動脈バルーン拡張術とステント」という記事を読んだことがあった。バルーン、つまり風船で狭窄した血管を拡張しても、三か月か四か月で再び詰まってしまう確率はひじょうに高い。三十パーセントから四十パーセントにのぼる。ステントはその再度の狭窄を予防するために開発されたのだが、しかし柿沼の血管はステントを植えてもやはり詰まってきたというのである。

「これ以上、風船のふくらませごっこをつづけるのも考えもんだよな。血管にも傷がつくとおもうし」

柿沼はそう言って、腕を組んだ。

「だから、病院は、本人と親族の同意書を取るんだよ」

と、安田が遠慮なく言った。

「ま、死ぬことはない、ないらしいけどな」

柿沼の舌がもつれる。

「そんな、正直の上に馬鹿がつくことを言う医者が、どこの世界にいる?」

安田は容赦しなかった。

「いない、いない、いやしないよ」

柿沼はむしろニコニコ顔になっている。言い合いをしながらも、二人は気が合っているのであった。

「風船のとき、コレステロールや血の塊が脳へ流れると、脳梗塞になることも……」

と、柿沼は言う。耕平もそういう危険性があることは耳にしていた。

「それもあるけど、造影剤が原因で、腎臓をやられて、人工透析を受けている人も現にいるし」と安田が言った。「死亡例もある」

「造影剤で、死亡?」

耕平はびっくりした。その話は知らなかった。けれども、腎臓の機能が衰えている患者が、心カテや風船を繰り返せば起こり得ることであった。

耕平も退院前に、小泉医師からその風船治療をすすめられている。緊急性があるとは考えられなかったので、風船は断って退院した。小泉医師はいやな顔をしたが、どうしてもその気になれなかったのである。

やはりやらなくてよかった、と柿沼の話を聞いてあらためておもう。副院長の話が正しかったのだ。悪い事例ばかりではないのだろうが、耕平は風船をやって一度でよくなったという話を聞いたことがなかった。

「さて、五回目の風船をどうしたものか」

柿沼は前かがみになって、指先でテーブルを叩いている。

「どうしたものかって、一回やっちゃったんだから、今更しようがねえだろう」

安田の言い方は相変わらずきびしい。

「しかしなぁ、娘っ子を孕ませたわけじゃないんだし」

「それなら、ご祝儀をやってもいいよ」

「ほんとうに、どうしたものかとおもっているんだ」

「医者に言いなさいよ」

「だから、先生は、血管がふたたび……いや、四たびだな、とにかくまた詰まってきているが、もうしばらく様子を見たいと言っているんだよ」

「だったら、様子を見ればいい。そうだろう?」

「こんどはなにをする気かな」

「それは医者にも分かっちゃいないんじゃないか。そんなもんだよ」

安田が膝をさすりながら立ちあがった。

病院の玄関前で、耕平は安田と柿沼に別れた。二人は肩を並べて、バス停のほうへ歩いて行った。雪はかなり溶けていた。

21

病院を出たのは、十二時を過ぎていた。安田と柿沼は、奥さんが昼食の用意をして待っていることだろう。おれはちがう、とおもう。誰も待ってはいない。だが、きょうは、家へ帰って昼食をつくる気になれなかった。コブの診察を受けただけなのに、面倒な交渉でもしてきたかのように疲れている。帰り道のスーパーで弁当を買ってきた。食べると、すぐにベッドに横になる。新聞も読んでいなかったが、なにをする気も起こらない。こうして、日ごとに、人生の視野も狭まって行くのだろうか。

一年前には、耕平もフリーのライターとして働いていた。中堅の海運会社の社史をまとめる仕事をしていた。社史の製作を請け負っているSプロダクションの編集者と、月にいくどか新宿の喫茶店で会っていた。ほかに友だちがまわしてくれる仕事もあった。バーや居酒屋へも行き、深夜に帰宅することもあった。

「帰ったの？」

足音を忍ばせて帰っても、真弓は六畳間の布団の中で気づいている。

「いいよ、起きなくても」

しかし真弓は、

「呑んで来たんでしょう、大丈夫？」

と、起きてくる。

「仕事、うまく行きそうなんだ」うまく行かないときでも、耕平はそう言うことにしていた。「お茶は自分でいれるよ」

鬘をかぶっていないときの真弓の頭部は、抗癌剤の副作用で毛髪がほとんど抜け落ちて、尼さんのような円い頭になっている。

「お茶漬けでも食べる？」

「そうだな」

日常の、どうでもいい、あってもなくてもいい会話が、どれほど大切なものだったか、耕平はいまになって身に沁みている。お茶漬けを食べている耕平のそばで、お茶を飲んでいる真弓の横顔が、瞼の燐光の中に浮かんでくる。

「今夜も、これから、仕事するの？」

「うん、すこしやっておかないと……」

「明日にして、お風呂へ入って寝たら？　沸かしてあるから」

「そうするか」

しかし耕平は、今夜も仕事をする。それは真弓にも分かっていた。

あのころは、体力があった。体力があったから、気力もあった。朝まで仕事をして、昼まで寝て、午後にはまた机に向かうことができたのだった。

真弓は食事のたびに、抗癌剤や漢方薬など何種類もの薬を服んでいた。その姿を見ながら、耕平は、共倒れになったらおしまいだぞ、と気持ちをひきしめて仕事をしてきたのだが、それからわずか一年足らずで、いまは自身が何種類もの薬を服み、病院へ行って来ただけで疲れて、ズボンをはいたままベッドに横たわっている。

耕平のそんな姿を、真弓は見ていなかった。

――おまえのほうが幸せなのかもしれないよ。

ほんとうにそう考えることがあった。

耕平の夜型の生活スタイルは、真弓を亡くし、自分が入院を経験してから変化した。退院後は睡眠導入剤を服んで、十二時か一時には寝るようにつとめている。毎日の生活に、朝昼晩のけじめをつけないと、食前食後の薬を服むこともできなくなるのだ。

それにマンションの決まりで、燃えるゴミも、燃えないゴミも、ゴミの日は、朝八時までに裏庭のゴミ集積所へ出すことになっている。以前は朝刊に目を通し、ゴミを出してから寝たりしていたが、いまはそういう不規則な生活はできない。長年の生活スタイルを変えることは、禁煙とおなじように容易なことではなかったけれど、変えなければ病院へ逆戻りして、ふたたび集中治療室の白い壁の中へ送り込まれる恐れがあった。

朝は七時四十五分に起きる。目覚ましを掛けている。顔を洗い、髪に櫛を入れてから、ゴミの袋を持ってエレベーターで一階へ降りる。ぼさぼさ髪の、うら寂しいやもめ男、という姿にはなりたくなかった。なぜか、真弓が見ている、ほかの誰でもない、真弓が悲しむ、という気持ちがはたらくのである。髪も白髪が目立たないうちに染めていた。

洗濯も二日置きにしている。ゴミを出してくると、ベランダの洗濯機にスイッチを入れ、機械が回っているあいだに、お粥かご飯の支度をして、食前の薬を服み、食後にはまた幾種類もの薬を服む。それから洗濯物を取り出してくる。手順が大事だった。

「ママちゃんよ、見ているのか」と針金のシャツ掛けに丸首シャツを吊るし、肩のところをハサミでとめながら遺影に言う。「生活というのは、こういうもんなんだよな。それに生活というものは、あってもなくてもいい会話から成り立っている」

「いまごろ気がついたの？」

真弓に冷やかされた。

「そうなんだ、うかつだったよな」

耕平は丸首シャツの皺《しわ》を伸ばした。

耕平と真弓の会話は、そのほとんどがあってもなくてもいい会話だった。二人とも、会話が必要とも不必要ともおもっていなかった。だから三十四年間も一緒に暮らしていられたのである。必要な会話が五パーセントにも十パーセントにもふくらんでいたら、お互いに口を利かなくなっていたのではなかろうか。

ベランダへ出て、青い空を見あげ、真弓が使っていた物干し竿に洗濯物を干す。その自分の姿が、こういうとオーバーでもあり滑稽でもあるのだが、なぜか祈るという字に似ているような気がする。洗濯物を干すということ以外に、なにも考えていない。干すということだけが頭にある。その一心になっている。

その洗濯物を干して、食器を洗ってから机に坐る。新聞を読むのはそれからだ。先に新聞を読みはじめると、手順どおりにいかなくなる。洗濯か食器洗いか、どこか手抜きをすることになる。だが、その新聞も全部読み切らないうちに疲れて、三十分ほど横になってしまう。頑張る三十分よりも、むしろ休む三十分のほうが大事だった。若いころ結核療養所暮らしをしていたので、疲れたら適当に休むという単純なことがどれほど大切か、身をもって経験していた。

午前の散歩に行くのは十時半か十一時ごろだった。万歩計を付けて、石神井川沿いの煉瓦舗装の歩道を三十分ほど歩き、スーパーで買い物をして帰って来る。帰ると昼の支度をする時間になっている。昼食後はしばらくテレビを見るが、するとまた疲れてベッドで横になってしまうのである。

とはいえ、寝込んではいけない。やはり三十分ほどで起きあがる。ここで眠ったら、こんどは夜眠れなくなるのだ。午後は郵便物を見たり電話をかけたり手紙を書いたりしながら、マンションの管理費や水道・光熱費などにも気を配っている。本を読む時間が少なくなった。視力も落ちていたが、何事も真弓に頼ることができないので、以前は片手間にこなしていたことが一日仕事になっていた。

安直な健康法だが、体力の回復には散歩が最も有効だ。医師にもそう言われている。しかし低血糖に陥る恐れのある早朝の散歩と、心臓や胃に負担をかける食後一時間以内の散歩は避けている。そのため散歩は午前と午後に分け、午後は三時半か四時ごろに出かけることにしている。

午後の散歩は住宅街を抜けて、桜町商店街へ行くことが多かった。悦子と立ち寄った本屋の二階の喫茶店で、書評のための本を読んだり、大衆芸能の調べ物をまとめたワープロ原稿に手を入れたりした。家へ帰るのは六時ごろだった。七時のテレビニュースを見ながら夕食をとる。後片付けをして、明日の朝昼晩、食前食後に服む薬の仕分けをし、風呂に入ると、たちまち九時か十時になった。

夜もぼんやりしているわけではなかった。というのは、喫茶店でワープロ原稿に一時間か一時間半手を入れてくると、それを打ちなおすのに二時間か三時間かかるのである。新たに書き込んだり消したりする作業をともなうので、喫茶店に坐っていた時間の倍はワープロに向かっている。途中で投げ出したら、原稿より先に自分の気持ちが駄目になる。一日一日、精神的に一定の緊張感を保っていたかった。

「自分なりに、その緊張感を持続することができるかどうか、それが大事なんだよな」

こういう話をする相手は、真弓のほかにはいなかった。死の前々日まで、病院の廊下を自力で歩いていた真弓の姿がよみがえってくる。

食事はほとんど自炊している。外食すると、なにを食べても、病院から指示されているカロリーをオーバーしてしまうし、野菜不足になる。高齢者医療センターの栄養士の指導によって、朝はお粥かご飯、昼はパンか麺類、夜はご飯を基本にしている。パンと麺類は塩分とカロリーが多いので、どちらかを一食にして、ご飯を二食にしたほうがいい、というのである。ご飯のほうが肥ってよくないような気がしていたが、そうではなかった。

だが、たえず食事に注意しているのに、血糖値はよくならなかった。

「下がったとおもうと上がるんだよな」

「それだけ食べているからよ」

真弓も甘いことばかりは言ってくれない。

「分かった、分かった」

と、耕平は真弓がそばにいるように言った。

22

電話のベルが鳴っている。耕平はベッドに横になってラジオの音楽を聴いていたが、仕事かもしれない、と起きあがる。机の上のコードレスの受話器を取った。

「もしもし、わたし……聞こえる？　聞こえてる？　大丈夫なの？」妹の淳子の声だった。

「寝ていたの？」

「寝ちゃいないよ」

耕平はむっとしたように言った。

「雪が降ったけど、大丈夫だった？」

「なんとかやっているよ。検査の結果も悪くはなかったし」

つとめて明るい声で言う。真弓は友だちの電話に、最後の入院の直前まで、元気よ、ほんとうによくなっているのよ、と応えていたが、そうつとめなければその日一日が辛くなってしまうのだ。

「陽子ちゃん、よくなったの」

「うん、すこしよくなっている」

陽子は以前から不眠症だったが、真弓が亡くなってから、人に会うと動悸がする、と言って自宅にひきこもっている。週にいくどかの派遣社員の仕事には行っているようだが、よくなっているとはいえなかった。

「真弓が逝ってから、もうすぐ半年になるんだよ。命日が来ると」ラジオを聴きながら、さっきまで考えていたことを話した。「あれから、百八十日も経つんだ」

「早いわよねえ……でも、まえにも言ったとおもうけど、真弓さん、ほんとうに綺麗な死に顔だったわよ」

「ありがとう。おれもそうおもっている」たしかに、安らかな死に顔だった。「エンゼルケアって、知っているか」

「なに、それ」

「おれも自分が入院して初めて知ったんだけどさ、そのエンゼルケアで綺麗にしてもらえたんだよ」死亡したとき、いったん抜け落ちてしまった真弓の髪の毛は、五分どおり生えていたが、その髪に丁寧に櫛目が入っている。額や頬も剃ってあって、唇にも控えめに紅がひかれていた。「要するに、死に化粧ということなんだよ」

「ふーん」と淳子は感心したように言った。「でも、いまは、なんでも横文字というか、片仮名というか、そういう感じにしちゃうのね」

「男の患者が死んで、髭を剃ったり、鼻毛を切ったりするのも、エンゼルケアって言うらしい」

「だけど、言えてる……そうおもわない？」

「そうおもったから言っているんだ」

「威張らなくてもいいじゃない」

「威張っちゃいないよ、べつに」ちょっと口ごもって、言いたした。「大病院には、そのエンゼルケアの上手な看護婦さんが、必ずいるらしいんだな。真弓もきっと、そういうベテランの看護婦さんのお世話になって、あれだけ安らかな顔をして眠れたんだとおもっているよ」

「よかったのよ、それで……苦しむのは生きているときだけで充分なんだから」と淳子は声をつまらせている。「エンゼルケアって言うのね、おぼえておくわ。でも、このごろ、ケアがつく施設がすごく多くなっているみたいね。ケアハウスとかケアホームとか」

「そうなんだよ。そのうち、安楽ケアとか、尊厳ケアとか、そんな新語ができるかもしれないな」と耕平は言って、「ところで、なにか用事があるんだろう」

「志津子の結婚式の日取りが決まったの。案内はあらためて出すけど」

「そうか。それはよかったな。おめでとう。行くよ」

「でも、無理すると……」

「横浜ぐらいなら、行ける」

「まだ三か月も先のことだから、考えておいてくれれば」

「行く、行けるよ」こういう機会に出かけて行って、行ける、という自信もつけておきたかった。「これから三か月間、体調を整えておくよ」

「ありがとう。じゃ、そのころまた」と淳子は言った。「きょうは、日取りが決まったことだけ知らせておきたかったの」

「忘れないように、カレンダーに印をつけておくよ。きょうだいも、二人だけになっちゃったんだし」

耕平は兄二人、弟二人、妹一人の六人きょうだいだったが、男は兄も弟もみな亡くなっている。若いころ、結核療養所暮らしをしていた耕平だけが生き残って、いまは末っ子の淳子と二人きりになっていた。

「気をつけてね」

と、淳子が言い、

「大丈夫、大丈夫」

と、受話器を置く。

おれはこれからやりたいとおもっている仕事がある、と耕平は自分に言った。だから、体力も回復してきている。そう考えて自分に暗示をかけているのだが、すこし強がっていないと男やもめの孤独と愚痴に蝕まれてしまいそうだった。

23

世田谷の二間のアパートに初めて電話がひけたのは、陽子が生まれた昭和四十年の夏であった。結婚したとき、すぐに申し込んでおいたのだが、二年余りも順番がまわってこなかった。当時はそれが常識だった。陽子が無心に眠っていて、時に電話のベルが鳴る。それだけで真弓も耕平も心が充たされていた。

陽子はベルの音で目をさましても、驚いたり泣いたりしなかった。耳を澄まして、ベルの音を聴いている。目が大きい。親馬鹿かもしれないが、この子は聡い子らしい、と耕平は幸福感につつまれながらも、目に見えない、遠い祖先の誰かに、背中を見られているような気がした。泣かない陽子の澄んだ目に、ある恐れに似た気持ちをいだいた。

耕平は、陽子が生まれた年に勤めを辞めている。脱サラという言葉が流行語になっていた。フリーの仕事がどれほどあやふやなものか、頭の中では分かっていたはずだが、そのフリーになりたかったのだ。

「やってみたら？　辞めて……わたしも勤めをもっているんだし」

「いいのかな」

「だって、いつかそうなるとおもっていたから」

「フリーになって、全力で頑張ってみるか」

「でも、はじめから全力出したら、つづかないわよ」

真弓が妊娠五か月のときであった。子供の顔を見たらもう脱サラはできない、と焦りながらも、耕平は勤めを辞めたいとは言いだせなかった。真弓に後押ししてもらってフリーになったのだが、それが、そしてそれからも苦労をかけたことが、乳癌の遠因になったのかもしれない、という後ろめたいおもいがあった。

陽子は物心ついたときから、電話で話をしながら成長した。当時はファックスはなかったので、耕平は電話口で原稿を読んで送ったこともあった。その黒いダイヤル式の電話機はプッシュホンに変わり、いまはケイタイが主流になっている。

耕平は、ケイタイになじめなかった。便利だが、煩わしい気持ちが先に立つ。留守電とファックスがあればいい、とおもっている。留守電では仕事を逃してしまうこともあるが、なまじ仕事に追われると病院へ逆戻りする。そう考えて、一日一万歩をめざして散歩に出かけていた。

散歩をしているときが、いちばん気持ちが休まった。速くは歩けないので、三十分歩いても、万歩計を見ると、三千歩そこそこだった。石神井川には橋がいくつも架かっていて、どの橋まで行けば何百歩くらい歩いたか、およそ見当がつく。その一つひとつの橋に、町名とは必ずしも一致しない、古い地名の名残のような名前がついていた。

橋を渡って、去年の正月、真弓と一緒に初詣でに行ったお宮へ行く。真弓は薄茶のハーフコートを着て、髪の毛が落ちた頭にグレーの毛糸の帽子をかぶっていた。耕平は鳥居を潜ると、真弓がそばを歩いているような気がする。大丈夫か、とうっかり声をかけそうになることがあった。

帰り道、見慣れたクリーニング店のそばまで来て、ふと立ち止まる。どこか違和感があった。しばらくたたずんで、そうか、とおもう。公衆電話のボックスが撤去されて、缶ジュースの自動販売機と入れ代わっていた。ということは、ケイタイ電話を持っている人がそれだけ多くなっているということだ。

それにしても、いつ入れ代わったのだろう。耕平はそのボックスから、真弓によく電話をかけていたのである。

「いまクリーニング店のそばにいるんだ。買い物があったらスーパーへ寄って行くよ」

と、耕平が言うと、

「いい、いい、あとでわたしが行くから」

真弓はそう応えることが多かったが、

「寄って来てくれる?」

と、嬉しそうな声が返ってくることもあった。

けれども、そういうときは、体調がよくないのである。耕平がスーパーへ寄れば、おそらく余計なものを買ってくる、と真弓はおもっている。余計なものはなにも買わないよ、と言っても信じようとしない。それでスーパーへはできるだけ自分で行こうとしていたのだが、その真弓も、公衆電話のボックスも、季節が一つめぐるうちに姿を消してしまった。

世の中は変わらないようでも変わって行く。耕平は通りがかりの人を呼びとめて、

「電話をかけたいんです、ここから真弓に電話をかけたいんです」

と、訴えたい気持ちに駆られた。

そのスーパーへ行って、米を買う。二キロの袋を買った。一日一万歩になったら、五キロの袋に格上げしよう。まだその資格がない。買い物それ自体は苦にならなかったが、重い荷物を持つのは禁物だった。医師にも看護婦にも注意されていた。

24

耕平は四畳半の整理をしたかった。物置のように、古い本や衣類やバッグなどが雑然としている。四畳半からキッチンへ通じる廊下にも、いまは使っていない電気炬燵やストーブやトースターなどがはみ出している。その気になったときが体調のいいときだ、と考えることにして、まず雑誌に紐をからげて荷造りした。それから、一か月もまえに用意しておいた大きなゴミ袋を、キッチンから持ってくる。

押入れの中からも、大きな段ボール箱を引き出した。段ボール箱にはビニールの紐が幾重にもかけられていて、結び目が固い。真弓の仕事であった。結び目が解けないので、鋏で切って開けた。耕平の古い服やズボンが出てきた。下着類も詰め込んであったが、いつか真弓に捨ててもらったはずのレインコートが二着もしまってあった。クリーニング店のビニールの袋に入っている。おそらく勿体ないとおもって取っておいたのであろうが、耕平は十年も十五年も前の自分の姿に突然出くわしたような気持ちだった。

べつの箱には真弓のブラウスやコート、そして陽子が子供のころ着ていた服やセーターなどがしまってあったが、どれもみな洗濯してあった。こけしやぬいぐるみの箱もあった。耕平は、真弓が見ているような気がして、えい！ と気合をかけて全部ゴミの収集袋に詰め替えた。そうしなければ、なにも片付かなかった。

段ボール箱は、折ってつぶして結わえた。明日の朝は、階下のゴミ集積所へ四、五回行くことになるだろう。きょうはここまで、と自分に言って、押入れの天袋にあるデパートの紙袋に気づいた。踏み台に乗って、用心しながら引き下ろす。重い。きちんと畳んだいろんなデパートの包装紙が、二、三十枚しまってある。真弓は、いつか使う、きっと使うことがある、と考えていたのだろう。袋ごとゴミに出そうとしたが、無下に捨てるのもためらわれた。

包装紙の下に、新しいタオルが何枚か畳んである。そのタオルの下に、細紐のかかった靴箱があった。紐をほどいてみると、白い靴がしまってあった。見覚えがあった。真弓が結婚式に履いたハイヒールであった。

「おまえ、ずっとしまっておいたのか」

耕平は胸を衝かれた。ドレスは貸衣装だったが、靴はデパートで一目見て気に入って、奮発して買ったと言っていた。耕平たちは、アパートで新婚生活のスタートを切った。それから、何回も引っ越しをしている。けれども、真弓は、アパート生活から三十年以上も、そのハイヒールを持ち歩いていたのであった。

耕平は靴箱に細紐をかけなおした。真弓がしまっておいたのとおなじところに、デパートの紙袋を戻した。

石神井川の桜を、今年は一人で見る。川沿いの煉瓦舗装の歩道を行くと、流れにアーチ状に架かる満開の桜がどこまでも見事だった。昨年は真弓に誘われて、一緒に見に行ったのであった。

「丸々と太ったトラックは、今年は仕事が忙しくてお花見どころじゃないらしいの」

と、真弓が言った。

陽子のことであった。桜の季節になると、幼い日の陽子のことが話題にのぼった。

「丸々と太ったトラックも、いつまでも四歳じゃないよな」

と、耕平もその話になるとおもわず顔をほころばせる。

「そうよ、自分の年を考えてみれば」

二人だけに通じる話だった。

陽子が幼稚園に入った年、三人でタクシーに乗って、桜の名所の公園へ出かけた。そのころはトンネルの多い横浜に住んでいたのだが、タクシーが長いトンネルに入ると、ガードレールがえぐられたようにひん曲がっていた。

「猛スピードでぶつかったようね」

真弓が年配の運転手の背に話しかけると、

「トラックだね、あれは」

と、運転手が前を向いたまま言った。

「でかい奴だな、きっと」

耕平が言った。すると、陽子が、

「パパ、丸々と太ったトラックが?」

と、耕平の膝に躰を寄せて訊いた。

「丸々と……そう、そう、丸々と」

運転手が笑いだした。公園に着くまで、丸々と……そうか、丸々と太ったトラックか、と笑いがとまらなかった。耕平は陽子を膝の上に抱きあげ、真弓も、ガードレールにぶつかったトラックは丸々と太っていました、と朗読調で言って笑い、陽子も一緒になって笑い声をあげ、みなが一体感に包まれていた。

「あの運転手さん、どうしているかな」

このごろ、そういうことが気になったりするという。

「四半世紀以上も経っているんだよな、あれから」

トンネルの中を路面電車が走っていたのだった。

「早いわよねえ。それにしても、陽子は、丸々とじゃなくっても、もうすこし太ってくれるといいんだけど」

「おれがなにか言うと、神経質になるしな」

「わたしだって、病人だというのに、ムーンフェイスになっちゃったから」

食事に気をつけるように注意しても、聞いてもらえないと言った。

その真弓の声を、もう聞くことはできない。そして陽子は、真弓が死亡してから不眠症に陥り、派遣社員の仕事はつづけているようだったが、さらに痩せて、青い顔をしている。人嫌いになっている。三人でタクシーに乗って、公園の桜を見に行ったころが、ささやかながらも人生の華だったのかもしれなかった。

25

桜も散って葉桜に変わった暖かい午後、耕平は飯田橋へ行った。駅の階段の昇り降りに気を配りながら、池袋から地下鉄に乗り換える。行きたい喫茶店があった。

飯田橋駅から歩いて十分ほどのところにK書房がある。入院前はK書房の仕事もしていたので、毎週のように飯田橋へ来ていた。アダージョという行きつけの喫茶店があった。雑居ビルの二階であったが、奥行きが広い。古い店だが、満員のことも、誰もいないこともない。耕平はこういう喫茶店で、一、二時間仕事をするのが好きだった。K書房の仕事ではなかったが、江戸の無頼を論じた本の紹介を頼まれていたので、ショルダーバッグにその本を入れて行った。

狭い階段を昇って、ドアを引くと、いつもそこに坐ることにしていた奥の窓際の席が空いていた。まっすぐにその席へ行く。このテーブルで、かれこれ二十年近くも、原稿を書いたりゲラを読んだりしてきたのであった。アダージョにはもう二度と行くことはできないのではないか、と考えたこともあったので、胸にこみあげるおもいがあった。

歩けるということが、どれほどありがたいことか。池袋駅の階段も、飯田橋駅の階段も、雑居ビルの階段も、一つひとつクリアしてきた。病気をしたからこそ、ありがたさが身に沁みるのである。

もっとも、これは、いわゆる多幸症というものかもしれない。病院で同室だった青木和夫が言っていたことだが、大病をして無事に退院すると、歩けることも、風呂へ入れることも、ごはんを食べられることも、トイレへ行けることも、ひたすらありがたくて、感謝症候群ともいうべき状態に陥ることがある。それが、多幸症なのだという。

「おれも初めて入院して、無事に帰ったときはそうだったんだよ。なんでも、みんなありがたかった。だけど、それは惚けの始まりでもあるらしい」と元中学教師は言った。「分かるだろう、このおれが言っているんだから」

妙に説得力のある話だった。おれも始まっているのかな、と耕平はコーヒーを一口飲み、窓際の席から表通りの商店街に目を遊ばせた。斜向かいにあるフライドチキンの店が、午後の陽を浴びて額縁の絵のように明るい。こんなに明るかったのだろうか。これも多幸症の一現象かもしれなかったが、アダージョの窓から往来を見ているいまの自分がありがたかった。

ショルダーバッグをひきよせ、本を取りだす。アダージョで仕事の本を読めるようになったのだ。それだけで充たされた気持ちになったが、二十ページ読むと目がかすんできた。無理をしないで、メモを整理する。

アダージョにいたのは二時間ほどだった。帰りも地下鉄に乗る。池袋駅で乗り換え、構内の噴水のあるコーナーで一休みした。真弓と幾度もこのコーナーで落ち合っている。昨年の夏、入院中の真弓が外泊許可をもらった日にも、二人はここで待ち合わせた。それが、真弓が家で過ごした最後の一日になったのであった。

「自分の知恵なんて、知れたものなのよね。どうはからっても、実現できないことはできないし、それが、ひょこっと実現したりするんだから」と真弓は噴水を見やりながら言った。「山口先生の都合で、動注が一週間先に延びたの。だから、外泊許可がもらえたのよ。そんなことって、予測できる？　急に学会の用事ができたんだって」

「そういうことだったのか」

治療が延びて外泊許可をもらえたことを、耕平も一緒に喜んだ。真弓は、それが、山口医師の学会の都合と知るまで、検査の結果がよくないので延期された、と考えて落ち込んでいたのであった。

「なんだか、トランプのめくりがよかったときみたい」と真弓は肩を寄せてきた。「よくなるときは、めくりでよくなっちゃうのよね」

おもいがけない外泊許可が、よほど嬉しかったのだろう。ムーンフェイスの目尻を細くしている。

「よかったよな。めくりってことは、やっぱりあるとおもうよ」と応えて、耕平は仕事のことを考えている。「めくりっていうのは、意図して、はからってできることとはちがうからな」

「そのめくりを一喜一憂しながら生きているのが、人生というものなのかな」

「そんなもんだよな。めくりのよくなったところで、鰻重でも食べて、帰りの電車に乗るとしようか」

「うん」

と、真弓は陽子が子供のときのような顔をしてうなずいた。

各駅停車の私鉄の駅で降りて、スーパーで買い物をする。

「疲れないか」

と、耕平が訊くと、

「用心して、栄養剤の注射を打ってもらってきたの」

真弓はそう応えて、先に立って歩いた。家まで五分だった。

玄関のドアを開けるとき、真弓は鍵を落とした。耕平がその鍵を拾って差しだすと、こんどは落とさずにドアを開けて、

「ああ、うちの匂い」

と言った。

「鍵を落としたのは一度だけだ」

耕平はそのことに安心したり不安を感じたりしながら家へ入った。

真弓はまず嗽《うがい》をする。耕平は自分の部屋へ入って、郵便物に目を通した。真弓は着替えをして、お茶の盆を持って入ってきた。

「なんといっても、うちがいちばんよ」

湯呑みを手に、耕平のベッドの端に坐った。

「ほんとうに、よく外泊許可が出たよな」

耕平も机の椅子にかけて、湯呑みを手にした。

「だから、めくりがよかったのよ」と真弓は言って、「調布、中野、新宿、世田谷、横浜、そしてまた東京」

耕平と一緒に暮らしてきたところを数えた。

「中野のアパートは銭湯の前だったよな」

「お風呂の近いところと言ったら、正直に銭湯の真ん前のアパートへ案内してくれたのよね。あのころは、やればなんとかなる、という気持ちだったから、ひとりでに躰のほうが動いてくれた。でも、よくここまでたどりついたとおもうわ」

「働いても、働いても、大病をしなかった」

「よく病気をしている暇がないっていうけれど、いま考えると奇蹟みたいね」

「そういう感じがする年になっちゃったんだよな」

「なるはずだったのよ、いつか」

二人は一緒にうなずいた。お茶を飲みながら、そんな話をしているときが、いちばん心が安らいでいる。

「そうだ、アメリカのケネディ大統領が暗殺されたのは、あの中野の六畳一間のアパートにいたときだったわ。アパートの二階のあの部屋で、テレビのニュースを見て、びっくりして」

「そうだったとおもうけれど、飛躍するねえ……大丈夫か」

「心配しないで」

「おれが心配しているのは、頭のほうだよ」

「大丈夫よ、身も心も」

真弓は耕平をぶつ仕種をしておどけてみせ、二人は若やいだ気分になったが、真弓が、急に、

「ちょっと疲れた」

と、目をしばたたいた。

「横になったほうがいいよ」

「そうする」

耕平は手を貸した。

真弓はベッドに仰向けになって目を閉じていたが、そのまま眠ってしまった。安心しきっている姿に見えた。

だが、この日の一泊が、真弓の我が家の見納めになった。病院へ戻って、肝臓への動注をおこなうほかに治療の術はなかったのだが、その結果、一週間後には肝不全に陥って息をひきとり、地下一階の霊安室へ運ばれる、そういうカードをめくっている、とは耕平も真弓も考えることができなかった。

真弓の通夜と葬儀は、真夏の炎暑がつづいたためか、火葬場の順番が遅れ、暦のよくない日もかさなって、予定より二日遅れになった。だが、これもはからってできることではなかった。

耕平は疲れきっていた。背筋がひきつったり、足がもつれたりした。葬儀を終えて家へ帰ると、欲も得もなく眠りこけた。十四時間も眠りつづけた。通夜と葬儀がもし遅れなかったら、発作を起こしていたのではなかろうか。そのとき倒れなくとも、四十九日の法事まではもたなかった。耕平はいまもそうおもっている。

これから先のめくりがどう出るか、知る術はない。真弓が言うように、どれほど考えても、どうはからっても、分からないことは分からない。それゆえに救われているのかもしれなかった。それに人には、天命というものもあるのだろう。

耕平は家へ帰ると、アダージョでまとめてきたメモを見直した。多幸症かもしれないが、きょうの一日がありがたかった。真弓ともういちど、人生のめぐりというものについて話をしたかった。

26

朝の食事を抜いて、九時前に病院へ行った。循環器科と内分泌科の定期検診日だった。九時に空腹時血糖検査の予約があった。

「瀬川さん」玄関に入ると、福井房子に声をかけられた。「久しぶり……お元気?」

夜勤明けのようだ。

「どうも」耕平も笑顔で応えた。「経過は、まあまあ、というところなんですよ。お医者さんの話ですが」

「それなら、これからも、まあまあ、ね。心筋梗塞の場合、危ないのは退院後の三か月だから」と彼女は言った。ベージュのスーツに、小さな黒のリュックサックをショルダーバッグのように肩にかけている。「でも、心配していたのよ」

「ありがとう。自分でもよく切り抜けたとおもっています。福井さんに叱られないように、禁煙も守っていますし」耕平はそう言いながら、リュックサックに目をやって、「恰好いいですね、遠足みたいで」

肩にひっかけた姿が恰好いいとおもったのだが、

「ちょっと、言うことが古いわよ」

と、一発かまされた。

「きびしい、きびしい、お変わりありませんですねえ」と耕平は病室にいたときのように肩をすくめる。「久しぶりにお会いしているんですよ」

「そういえば、会わなかったわねえ」と彼女は落ち着いている。「病院へは、毎月来ているのよね」

「それは来ていますよ。じつはこのあいだ、ストレッチャーを押してエレベーターへ乗る後ろ姿をちらっと見かけたんだけれど」

「声、かけてくれたらよかったのに」

「そのまえに、エレベーターが、勝手に昇って行っちゃったから」

「病院というのは、人に会えるようで会えなくて、会えないようで会っちゃうところなのよ。きょうはまず、朝食前の採血なんでしょう?」

「まだ大丈夫」

と、柱時計を見る。

「じつはひとつ、悲しいお知らせがあるの」

彼女はスーツの襟元に手をあてた。

「誰か?」

同室にいた誰かに、不幸があったのだろうか。とっさに池田義幸の顔を脳裡に浮かべたが、

「不幸じゃないの」と彼女は言った。「じつは集中治療室勤務の倉敷恵子さんが、先月結婚したのよ」

うまくかついだ、という顔になって、澄ましている。

「倉敷さんにもずっと会っていなかったけれど、もう会えないのか」

耕平もかつがれ役をつとめて、前へのめった。

「名古屋の高校の先生と結婚して、いまはあちらの病院へ勤めているの。ショックだった

でしょう?」

「ショック、ショック」

「それから、小泉先生も辞めたのよ」

「あの先生、独身だったよね。やはり結婚?」

「ちょっと、しっかりして……どうして小泉先生が結婚して辞めなきゃいけないのよ」と声がきつくなった。「小泉先生は、結婚はまだだけれど、千葉の開業医だったお父さんが亡くなったので、退職して家の跡を継ぐことになったの。だから院長先生よ」

「そうですか。変わりますねえ、半年足らずのうちに」

「変わるのよ、そしてみんな年を取るの」彼女はほかにも、退職したり転勤になった看護婦の名をあげて、「変わらないのはわたしだけかな。ずっと循環器病棟勤務だし、誰にもプロポーズされないし」

「気にしない、気にしない。颯爽として仕事しているんだから」

「ありがとう、お世辞でもいい。でも、ほんとうは鼻っ柱が強いだけなの」

「強いのは分かっています」

「採血、遅れるわよ」

と、彼女は患者に注意する看護婦の口調で言って、玄関を出る。いい看護婦だな、と耕平は黒い小さなリュックサックの背を見送った。

中央採血室は混んでいた。九時前後が最も混んでいる。待合室を兼ねる広い廊下で順番を待って、採血を済ませる。それから、循環器科の外来窓口に書類を出して、廊下の長椅子に腰を下ろした。ここも相変わらず混んでいる。

「しばらく」

声をかけてくれたのは悦子だった。

「どうも……気がつかなくて」

耕平は面をあげ、そして見てはいけないものを見てしまったような気がした。彼女の唇が、どうしてそうなったのか、左のほうへ曲がっているのだ。

「ご主人は、退院後どうですか」

池田の様子を訊くと、

「はい、どうにか」

と応えたが、彼女の唇は曲がったままだった。

ひとつ向こうの長椅子に、池田義幸の背が見えた。中折帽をかぶって、スポーツ新聞に目を落としているようだ。

「池田は体力が衰えて、惚けもすすんできたようなの」

彼女は伏目になった。

「大変ですよねえ、毎日のことだから」

耕平は膝に手を置く姿勢で言ったが、池田が羨ましい気もしている。

「みんな大変なのよ。わたしもおそらく肺か肝臓へ転移している。N大病院の先生は、肋骨へ行っている可能性もある、という言い方をしているんだけれど、こんどはほんとうに肺か肝臓のどっちかに来ている、そういう気がしているの」

「でも、自分の足で歩いているんだから」

「足は歩いているんだけど、ストレスは歩かないから、顔面神経痛になって、こんな顔になっちゃったのよ」

悦子は笑ってみせようとした。

「だけど、大丈夫ですよ。気持ちがしっかりしているから」

と、耕平は言った。そして、気休めを言って自己嫌悪に陥っていることを悟られたくなかったので、しばらく口をつぐんでいた。

池田が立ちあがって、悦子のそばへ来た。杖をついている。

「誰かに、あなた、死んでいますよって肩を押されたら」と悦子が言った。「ほんとうにそのまま死んでいる、そんな気がすることがあるの」

「そうなんだ、押されると……」

池田がどもりながら言った。自分が心配されている、と信じきっている表情だった。

「大きな声、出さないで」と悦子がたしなめる。「惚けというのも一人ひとりちがうから、個性的とはいえないにしても、個々的であることはたしかなのよ」

その話が分かっているのかいないのか、池田はしきりにうなずいている。悦子は黙ってその様子を見ている。

看護婦が池田の名前を呼んだ。彼は杖を持ちなおした。

「お先に」

と、悦子は小腰をかがめ、池田に寄り添って診察室へ入って行った。

27

次の週も、耕平は病院へ行った。眼科の検査があった。

糖尿病の診断を受けると、眼科の検査も定期的に組み込まれる。初期の白内障と診断されていたが、とくに手当てを要するほどの変化はなかった。検査が済んだのは十二時過ぎだった。瞳孔を拡大する薬液を注入され、レンズの光で照らされたので、目がまばゆかった。視野がぼんやりしている。

一階玄関前の会計へ行って順番を待っていると、後ろから肩を叩く者がいる。

振り返ると、

「やあ、しばらく」

と、青木和夫が顔いっぱいに笑みをたたえていた。

循環器科の診察日が別なので、彼とはこれまで会うことがなかったが、入院していたころに較べると、顔色が見ちがえるほどよくなっている。

「きょうは腹部の超音波検査なんだよ」

「だけど、お元気そうじゃないですか」

「超音波なんか、たいしたことないんだけどさ」彼は立った姿勢で脚を組んだ。「先だってペースメーカーの動きがわるくなって、往生したんだよ。なおしてもらったら、こんどは動き過ぎちゃって、動悸が激しくなったりしてさ」

いや、きつかった、苦しかった、と彼は身振り手振りをまじえて言ったが、その話をするときの彼の表情は生き生きとしている。耕平がなんの検査で病院へ来ているのか、一言も訊かない。ペースメーカーの話に意識が集中していた。

会計のマイクが青木和夫の名前を呼んだが、面倒見のいい奥さんの姿は見えない。一人で来たのだと彼は言って、窓口へ行った。入院中は、看護婦の前でも、患者の前でも、手放しで泣いたりしていたのが、信じられないくらいだった。耕平もすこし遅れて呼ばれたが、彼は背筋を伸ばして待っていた。

退院後の病状のあれこれについて、彼はふたたび話しはじめたが、医師や看護婦や患者の情報にも驚くほど通じていた。小泉医師が父の医院を継ぐために辞めたことも、移動で職場が変わった看護婦のことも、安田春吉の近況も知っている。安田には嫌われているのだが、その安田の友だちの柿沼貞夫の病状も知っていて、

「おそらく柿沼さんは、また風船をやることになるんじゃないかな」

と、治療の成り行きに関心をもっている口ぶりだった。

柿沼とは安田より前からの知り合いなのだという。その話の中途で、会計に書類を提出している小肥りの老女に声をかけ、手をあげた。彼女を耕平に紹介して、それからお茶に誘うつもりだったようだが、耕平は、

「ちょっと、野暮用があるので」

と、先に玄関を出た。用事もあったが、早く家へ帰りたかった。背筋が張って、躰が重くなっていた。

耕平は寄り道をしないで家へ帰った。なにも食べたくない。それよりも躰を休めたかった。すぐにベッドにもぐりこみ、三十分ほどうとうとした。そして、目覚めぎわに、どうしてそんなことになったのか、軍隊へ行ったこともない耕平が、戦闘帽をかぶり、復員軍人として家へ帰ってきた。リュックサックを背負い、脚にはゲートルを巻いている。三十歳くらいの真弓と三、四歳の陽子が出迎えた。その家は、これもあり得ないことであった

が、戦前、少年時代の耕平が一年ほど住んだことがある、二軒長屋の二階家だった。魚屋の角を曲がってまっすぐに来たのだから、まちがいなかった。

「パパ……」

真弓はあとの言葉がつづかなかった。髪を短くカールしていて、目をみひらき、手をふるわせている。

「パパ……」

陽子が言った。

耕平は陽子を抱きあげた。目が覚めても、腕に陽子のぬくもりが残っていた。

夕刻、耕平は桜町商店街へ買い物に行った。人生にはこの世の知恵だけではかりしれないものがある。真弓を亡くしてから、耕平はそのことを意識している。それにしても、あの長屋に真弓と陽子が住んでいた。魚屋の角を曲がって行ったのはたしかだが、ほんとうにあの長屋だったのだろうか。ほんとうに真弓と陽子がいたのだろうか。徘徊老人というのは、そんなことを考えながら、とんでもないところまで歩いて行くのかもしれなかった。

スーパーで買ってきた折り詰めの夕食を食べながら、テレビをつける。自殺者が年間三万人を超えているという。三万人、六万の目が、青火を放ってみずから世を去っている。六十五歳以上の独居老人の孤独死も、年々増加しているようだ。

東京に一千万の人あれど語る人なし昨日も今日も

新聞に載っていた短歌だったが、いつ読んだのだろう。十年、いや、それより前かもしれない。作者は高層マンションの住人ではなかろうか。そんな気もする。

語る人なし、そういうことか、と耕平は折り詰めを食べ終えると、窓を開けてベランダに出てみる。大通りの向こうの住宅街の小道を、六十代か七十代らしい男と女が歩いている。男は杖を持ち、女は買い物袋をさげている。夫婦だろう。二人は青い瓦屋根の二階家へ入った。

耕平は、胸をおさえた。こういうまったく平凡な光景が、パンチというよりボディブローのようにこたえてしまう。耕平も昨年まで、真弓と一緒に、この家の玄関を入ったり出たりしていたのだ。ベランダに並んで、池袋のサンシャインビルや、新宿副都心の高層ビル群に目を遊ばせたこともあった。耕平がいま通院している高齢者医療センターのビルは、話題にのぼったこともなかった。

ベランダにはそのときとおなじように、ゴムのサンダルが二足置いてある。真弓のサンダルも、耕平はそのままにしておきたかった。

28

五月になってから、耕平は初めて一日一万歩まで歩いてみた。午前四千歩、午後六千歩、と二回に分けて歩いた。退院後、半年経っている。恐れていた動悸の高まりも胸痛も起こらなかった。病院の定期検査も、血圧、血糖値、心電図、超音波、トレッドミルなど、すれすれのところであったが、いずれもパスしている。

淳子の娘の結婚式に、横浜まで行ってきた。大事をとって、ホテルに一泊して帰った。過信は禁物だが、再発作の危険性の高い期間は乗り切った、とおもう。もっとも、左の耳の上にできたコブは、ひとまわり大きくなっていた。

外科の外来予約は、六月の初めだった。予約といっても、例によって診察までに二時間待たされた。

「すぐに切りましょう、退院後半年経過しましたから」と医師はコブを撫でたり押したりしながら、カルテに目をやった。「遅らせると、もっと大きくなりますからね」

だが、すぐに、といっても、今日、明日、というわけにはいかない。耕平は心臓の薬を三種類服用していたが、手術のまえに、そのひとつの血行をよくする薬を、一週間中止しなければいけなかった。そのためには、外科とは診察の曜日がちがう循環器科の医師の了解を得る必要がある。そして、了解を得たことを外科の医師にまた報告する。とにかく、手数がかかった。

コブの手術は、通院で済む。二、三十分、ということだった。それで耕平は、陽子にも淳子にも知らせなかった。切って取ってもらえばいい、と考えていた。しかし通院手術とはいえ、診察室の一隅でちょっと、というほど簡単ではなかった。手術は集中治療室に隣接する手術室でおこなわれる。万一の場合の麻酔のショックや、心機能の急変にも対処できる体制がとられていた。

集中治療室のベッドで、身動きもできず、点滴や酸素吸入の管でつながれていたのは、半年余り前のことであった。今回は単なるコブの手術だったが、しかし自分はまだ心臓疾患回復期の患者として慎重に扱われている。腕時計や入れ歯などの金属をはずし、手術衣に着替えながら、耕平はあらためてそのことに思い至った。

若い看護婦に、コブのまわりの髪を剃られ、手術台に仰向けになった。腕と胸にいくつもの器具がとりつけられる。局所麻酔を打たれたとき、すこし動悸がした。痛みを感じたのは、そのときだけであった。

メスが入って、コブが切開されたのを感じる。心拍数を数える電子音が伝わり、自動血圧計が二の腕を締めつける。指先には血中酸素の測定器もついている。

「大丈夫ですよ、脈拍も血圧も正常ですから」

看護婦が耕平の腕に手を置いた。

「はい、なんでもありません」

と、耕平は応えた。彼女の声に、安堵感をいだいた。

「根っこが意外に深いんですよ。ちゃんと切っておかないと再発しますからね」と医師が自分に聞かせるように言った。「ちょっと引っ張りますよ」

患部の筋を引っ張って、鋏で切るのが分かった。それは数回繰り返され、消毒液らしい液体が耳もとを流れる。メスを入れたり鋏で切ったりして、手術は三十分余りかかった。しかし縫合を終えて、大きなガーゼをあてると、もう起きても大丈夫だと言われた。

「先生、脂肪の塊ですか」

「脂肪というより、脂肪のカスの塊ですね。見ますか」

「はい」

小さなアルミのトレーに、中指の頭くらいの、白い、脂肪のカスの塊がのっている。抜歯した奥歯のように、根もとに赤い肉片がついている。大きくなってはいたが、ぶよぶよしたコブの中に、これほど固そうな塊が根を張っているとは考えていなかった。

「いまは白くてきれいですがね」と医師はそれをピンセットでつまんで言った。「やがて細菌が付着すると、変色して化膿するんですよ」

「いいときに手術していただきました」

耕平はお辞儀をした。これが癌だったら、と無意識に考えている。真弓の乳癌はこのコブより小さかったが、助ける術はなかったのだ。

「消毒に二、三回通ってもらうことになりますが」と医師は淡々と言いたした。「それから、糸は自然になくなるので、抜糸の必要はありません」

「ありがとうございました」

耕平は隣の部屋へ行って、手術衣を着替えた。病院を出る。真弓がいなくとも、こうして生きている。一人で、ゼロに向かって、生きて行く。

朝から曇り空だったが、まだ降ってはいない。だが、梅雨の前後は毎年体調がよくなかった。背中の左側の、肩胛骨の下が重くなってくる。肋膜炎をこじらせて、肩胛骨の下に水が溜まってから五十年近く経っているのだが、それでも梅雨時になると、結核療養所にいたころのように背中に熱がこもった。

耕平は家へ帰ると、ベッドの枕の上にセロハンをはがした湿布を置いて、シャツを脱いだ。そして、湿布が肩胛骨に当たる位置に枕をずらして仰向けになる。見当をつけた左の肩胛骨の下に、うまく貼りついたようだ。真弓に貼ってもらうことができなくなって、苦しまぎれに考えついた方法だったが、何事も経験を積めば上達するようだ。はがすのも、風呂へ入ればするりと落ちた。

この特技を、誰かに話してみたかった。悦子の曲がった唇が脳裡に浮かぶ。こんど会ったら話してみよう。彼女なら、話し相手になってくれる。それより、彼女の唇は元どおりになったのだろうか。

内分泌科の定期診察日に、外来受付前の廊下で安田春吉と会った。きょうは柿沼の姿は見えなかった。耕平はレザーの長椅子に、安田と並んで腰を下ろした。

「柿沼君はね、風邪をこじらせて寝込んでいるんだよ」

安田が言った。

「流行っているようですね」

と、耕平は応える。柿沼が風邪をひいているらしいことは、時々電話をかけてくる青木和夫から耳にしていたが、安田には言わなかった。とにかく彼は青木が嫌いだったし、池田義幸にも関心をもっていなかった。

「柿沼君が寝込んだところへ、こんどは奥さんがさ」と安田はつづける。「二階の階段を滑り落ちて怪我しちゃって、それでいま、社会福祉協議会に頼んで家事手伝いの人に来てもらっているんだよ。奥さんの足がよくなったら、いずれ彼は風船で入院することになるんじゃないかな」

「社会福祉……」

「福祉協議会」

「そういうところがあるんですか」

「ある、あるんだよ」

耕平は役所関係のことに疎かったが、安田の話では、病気や障害のある高齢者なら福祉的な料金で家事や介護を頼むことができる、というのであった。重要な情報を耳にしたような気がする。

耕平は何事によらず、真弓を頼りにしてきた。スーパーも八百屋も、花屋もクリーニング店も、真弓に教えられたところへいまも行っている。これからは、自分でおぼえなければいけなかった。

「おまえ、風船がそんなに怖いのかって、このあいだ柿沼君に言ってやったんだがね」と安田は持ち前の辛辣な口調になった。「奴は、もういちど風船をやったくらいで、素直にこの世におさらばするようなタマじゃないとおもうよ」

自分の言葉にうなずいている。そんな言いかたをしながらも、柿沼のことを気づかっているのであった。

名前を呼ばれて、診察室へ入るとき、

「帰りに柿沼君のところへ寄ってみるよ」

と、耕平を振り返って言った。

29

朝から雨が降っている。真弓の誕生日であった。そういえば、去年の誕生日も大雨だった。

「これ……革のバンドの腕時計だけど」

と、耕平は還暦祝いに腕時計の小箱を差しだした。

「いいの?」

真弓は蓋を開けて、戸惑ったような顔をしている。

「よかったよな、無事に還暦を迎えられて」

それは耕平の実感であったが、言葉にしてふと不安をおぼえた。わたしの寿命は先が見えているから、と真弓が気をまわすかもしれなかった。

「いや、いつか、革のバンドって言っていたからさ」

耕平が慌て気味に言いたすと、

「ありがとう、それが欲しかったのよ。でも、バンドだけでもよかったのに」

真弓はそう言いながらも腕時計を巻いた。

耕平はベランダの窓を開けて、降りしぶく雨を見た。歳月というものが、音を立てて落ちて来るようだ。

「よく降るわね」

と、真弓も立ってきた。

けれども、今年はその真弓がいない。いないんだよな、真弓は、と自分に言う。死ぬということは、命日だけになって、誕生日がなくなるということなのだ。

真弓と一緒にアパート暮らしをはじめたころは、毎日、持ち物がなにかしら増えて行った。交際範囲もおのずと広くなった。いまはすべてが先細りになっている。

「身の回りの整理って、いざとなるとなかなかできない。欲得じゃないの」入院の支度をしながら真弓が言ったことがある。「自分の持ち物がなくなって行くのって、しみじみと寂しいところがあるのよね」

「べつにいま、整理しなくてもいいじゃないか」

と、耕平は言った。

「だけど、ある程度、物を整理しないと、気持ちの整理もつかないのよ。それで整理すると、こんどは寂しくなってきちゃう」

その真弓の言葉が、しだいに自分の感覚になってきている。衣類にしろ、本にしろ、身の回りを整理しすぎると、精神的にちぢこまってしまって、無力感と脱力感に陥る。悟りの境地とは程遠い。経験しないと分からない感覚だった。

真弓がいないので、外出先から家へ電話をかけることもなくなっている。そのため、陽子が生まれた世田谷のアパートの電話番号はいまでも覚えているというのに、現在住んでいる吉田橋ハイツの電話番号を度忘れしていることがある。それでも、毎日の買い物、食事の支度、風呂や洗濯など、自分なりになんとかこなしてきている。なんとかこなして、適当に繰り返すということが生活なのだ。

コブの術後の経過も良好だった。傷痕のガーゼを三回取り替えると、

「もう大丈夫ですね」

と、外科医は言った。

コブの治療は終わったが、耕平は梅雨の中休みの真夏日にも病院へ行った。そして、循

環器科の外来窓口で池田義幸に呼びとめられた。

「女房が死んじゃったんだよ、悦子が」

と、彼は大きな声で言った。あたりをはばからなかった。

「奥さんが?」

耕平は足のすくむおもいがした。

池田は二度うなずいた。白い帽子をかぶり、半袖シャツに縞のネクタイを締めている。どうしてそんなポーズをとるのか、すこし反り身になっている。

「このあいだ、ぽくっと死んじゃったんだ」

言葉はもつれていない。むしろ、このまえ会ったときより明瞭になっている。悦子に先立たれて、かえって気持ちがひきしまっているのだろうか。もっとも、彼はいつものように、筒状に丸めたスポーツ新聞を手にしていた。

「このあいだ、というと?」

耕平が訊き返すと、

「だから、まだ十日も経っていないんだよ。朝、台所で倒れて、N大病院へ入院して、三日目に」と一息に言った。「肺がぼろぼろになって、もう台無しになっていたんだ」

病気の話になると、池田は頭が冴えてくる。悦子の乳癌が胸骨や肺へ転移して行った経緯を、ひとしきり話して聞かせた。耕平が妻を乳癌で亡くしていることを知っているのかどうか、心もとないぐらいだった。

「だ、だけど、息子がいるからね」と話が変わる。「二人いるからね」

「奥さんにも聞いていました」と耕平は言った。「心強いですね」

しかし、それにたいする返事はなかった。池田は筒状に丸めたスポーツ新聞を開いている。言いたいことは言ってしまったので、スイッチが切り替わったようだ。そうなると、取りつく島がない。話はそれきりになった。

家へ帰ったのは昼過ぎだった。耕平は冷蔵庫を開けるまえに、しばらくベッドに横になった。

悦子は十日もまえに死亡していた。台所で倒れ、入院して三日後だったという。言いかえれば、彼女は死の三日まえまで台所で立ち働いていたのである。

耕平は、悦子が、真弓の死後に知り合った人という気がしなかった。古くからの知り合いを亡くしたような喪失感があった。桜町商店街のアーケードで、自転車に乗って来る彼女と会うことはもうなくなったのだ。

ぽくっと、と池田は言った。目を閉じた彼女の唇は、曲がっていたのだろうか。いや、曲がっていない。すくなくとも、目立つほど曲がってはいなかった。

N大病院にも、エンゼルケアの巧みなベテラン看護婦がいる。そしてエンゼルケアのマニュアルには、苦痛や懊悩の表情は存在しない。悦子は霊安室で、穏やかに目を閉じていたのにちがいなかった。

30

梅雨明けに風邪をひいて、熱を出した。二、三日で平熱に戻ったが、いったん体調を崩すとすべてにたいして弱気になってしまう。情報弱者という言葉にもおびやかされる。このさい、パソコンをやってみようか。新聞を読みながらそう考えた。ワープロは打てるのだから、その気になればある程度はやれるはずだった。

パソコン教室へ行ってみるのもいいかもしれない。高齢者向けの初歩からのコースもあるようだ。なにもやろうとしなければ、指の動きも頭の働きも鈍くなって、やがてちょっとした仕事もこなせなくなるだろう。その仕事の資料にしても、新聞や雑誌の記事を切り抜いて、ファイルに閉じたり茶封筒にしまっておく時代ではなくなっている。

電話が鳴った。

「暑いですねえ、お元気ですか」

元中学教師の青木和夫だった。

「しばらく……なんとかやっています」

風邪をひいた話はしなかった。

「元気というのも、遣り繰りのひとつだからねえ」一一〇八号室に入院していたころとは、声の張りがちがう。「もっとも、血液検査がよくないんだけれどね」

「わたしも、血液検査ではおどされているんですよ」その話がしたいのだろうか、とおもいながら言った。「これ以上ヘモグロビンＡ１ｃが上がったら、倒れるとか、入院させるとか言われていて」

「おれもそうなんだよ。ま、医者はそれが商売だからね」

「しかし、入院は遠慮したいですね」

じっさい、いま入院していたのでは、真弓の一周忌ができなくなってしまうかもしれなかった。

青木はひとしきり、血糖値とヘモグロビンＡ１ｃの話をしてから、

「その入院の件なんだけどね、じつは柿沼君が入院しているんだよ」と言った。「そうそう、また風船をやったんだよ」

それが本題だった。

「よくその気になったですね」

柿沼はこれ以上の風船治療は拒否するかもしれない、と耕平は考えていた。

「なったんだよな、その気に……こんどは、このまえとは別の血管をふくらませたらしいんだ」と青木は言いたした。「それで明日の午後、ついでがあるので見舞いに行こうかとおもっているんだけど、都合がついたら一緒にどうですか」

「明日の午後……いいですよ」

耕平も退院間際になって、小泉医師に急に風船治療をすすめられた経緯がある。言われるままにやっていたら、その血管が詰まって、いまごろは入院することになったのではなかろうか。その可能性はかなり高い。耕平はいまも、副院長の見立てに従って、風船を断

って退院したのは正解だったとおもっている。

それだけに、柿沼の病状に無関心ではいられなかった。青木もそこのところは読んでいて、電話をかけてきたのであった。

「安田さんには最近会っていないんですが、どうしているんですかね」

「安田君はバテて寝込んでいるんだよ」青木は情報に通じていた。「これは柿沼君の奥さんに聞いた話なんだがね」

一一〇八号室に入院していたとき、安田は青木を疎んじていた。脳梗塞の後遺症でホロホロ涙をこぼしたりしていた青木を、見下していた。みっともねえよ、と聞こえよがしに言ったこともあった。だが、その二人の関係がいま逆転しようとしている。青木の言葉のはしに、安田にたいする優越感がにじんでいるのが感じられた。

翌日、耕平は、面会時間の午後三時に、一階の待合室で青木と会った。久しぶりにエレベーターに乗って、十一階の循環器病棟へ昇る。柿沼は四人部屋に入院していた。

「やあ、どうですか」

と、青木は半袖シャツの腕を拡げた。

「すみません、ご心配かけまして」

と、ベッドの脇に腰を下ろしていた奥さんが立ちあがり、初対面の耕平に会釈する。脚の痛みはまだ残っているようだ。

「順調なんだ、経過はいいんだよ」

柿沼はベッドのリモコンのボタンを押し、上半身を起こそうとした。

「そのまま、そのまま……無理するなよ」

青木が肩に手を置いた。

柿沼は顔色がよくなかった。口もとに涎《よだれ》が糸をひいた。奥さんがタオルで顔を拭う。耕平は池田の世話をやいている悦子の姿を頭に浮かべた。誰が先に逝くことになるか、天命というものは、そのときにならなければ分からなかった。

「医者は大丈夫だって言っているんですよ」

柿沼が耕平に言った。自分の言葉をたしかめるようにうなずいている。

「それじゃ大丈夫だ。安田君のほうが心配だよ」

青木がそばから言った。

「彼はそれほどでもないとおもうよ」

と柿沼が言い、奥さんもそうおもっているようだったが、その奥さんの瞼に疲れがにじんでいる。長居はしないほうがよさそうだった。

「ちょっとやつれた感じだったですね」

病室を出てから、耕平は言った。

「ちょっとというより、かなり弱っている感じだな」

青木もそう言って、胸のペースメーカーを気にしている。

パソコン教室へ行くのは秋になってからにしよう、と耕平は用心深くなっていた。経過が悪くないからといって、退院後の病状を軽く見てはいけない。ワープロを二時間打っただけでも、背中が重くなってしまうのだ。パソコンを始めるのは、真弓の一周忌を済ませてからでも遅くはなかった。

「エンゼルケアのお世話になるのは、柿沼君より、安田君のほうが早いかもしれない」と青木が十一階のエレベーターの前で言った。「これは、おれの感だけどね」

「安田さんは、そんなに……？」

「ああいうタイプは、そのときが来ると意外に脆《もろ》いからね」

世間話をしているような顔だったが、その表情には倒れそうに見えて倒れない、青木の存在感があった。

エレベーターが止まって、福井房子が車椅子の患者を押しながら降りてきた。

「あら、お揃いで、お元気？」

と、彼女は愛想よく言った。

「きょうは見舞いに来たんですよ」

耕平はエレベーターを一回見送って、手短に柿沼を見舞って来たことを話した。青木は口をつぐんでいる。

「お見舞いもいいけれど、自分のことも気をつけてね。暑くなって来たから」

「気をつけます」

「入院のお付き合いはしないほうがいいのよ」

「それは、お優しいお言葉を……」

「こんど入院したら、絞ってやるから」

彼女は耕平を一睨みして、車椅子を押して行く。

「おれは苦手なんだ」と青木が小声で言った。「彼女なんだよ、福井房子」

「…………？」

「だから、彼女がエンゼルケアの名人なんだよ」

「彼女?……」

そうか、とおもう。名人がいるという話を聞いてはいたが、福井房子とは想像したこともなかった。しかしベテラン看護婦の彼女には、その腕もありそうな気がする。彼女は呼吸を止めた耕平の目を閉ざし、口もとを締め、髭を剃って、髪に櫛を入れる。ケアされるエンゼルとしての耕平の顔が、彼女の瞼に浮かんだり消えたりしていたのだった。

老いと死は後ろから来る、というけれども、福井房子は耕平の目の前で車椅子を押し、笑顔を見せて、右手をひらひらさせている。

「死ぬってことも、大変な仕事なのよね」

悦子がいつか言った言葉をよみがえらせながら、耕平は手を振って福井房子に応えた。ナースステーションのほうへ曲がって行く白衣の後ろ姿が、脚の長い水鳥のように見えた。

（了）

あとがき

妻を乳癌で失ったあと、私は心筋梗塞の発作に襲われ、ストレッチャーに乗せられてCCU（冠動脈疾患集中治療室）へ運ばれた。幸い回復して『弓子の川』（小沢書店）を上梓し、平成十二（二〇〇〇）年七月に第一回小島信夫文学賞を受賞した。入院は五十日に及び、退院しても書けるかどうか、体力的に自信はもてなかったのだが、書き切ることができた。書き切ることしか考えなかった。

受賞後、これからどうする？……という新たな問いが自分の内部から起こった。通院のたびに検査結果に一喜一憂し、またいろいろと無理もしているので、これから先、書いて行けるかどうか心もとなかった。入退院を繰り返して、足腰が衰えて行く自分の姿が脳裡をかすめた。

それで、これからどうする？……

いま、生きて歩いている。書きたい。ほかになにができるというのだろう。

私は『エンゼルケア』を書きあげた。誰にどこで読んでいただけるか分からないが、書き切ることができたのは、運にも恵まれているのだとおもっている。

刊行にあたっては、出版企画部の有吉哲治氏、編集局の山下裕二氏に大変お世話になった。両氏のご高配に深謝したい。

橋本勝三郎

平成十四年七月十日

著者プロフィール

橋本 勝三郎（はしもと かつさぶろう）

1932年、横浜市生まれ。日本ペンクラブ会員。

長期療養の後、団体文化誌編集者、百科辞典編集部嘱託などをつとめ、その後フリーとなって「文學界」「新潮」「海燕」などに小説を発表する。

著書に『弓子の川』（小沢書店・第一回小島信夫文学賞受賞）、『黙っている朝』（冬樹社）、『「森の石松」の世界』（新潮社・第四回大衆文学研究賞受賞）、『江戸の百女事典』（新潮社）などがある。

現住所〒173-0015　東京都板橋区栄町32-5-908

エンゼルケア

2002年 9 月15日　初版第 1 刷発行

著　者　橋本 勝三郎
発行者　瓜谷 綱延
発行所　株式会社 文芸社
〒160-0022　東京都新宿区新宿1-10-1
電話　03-5369-3060（編集）
03-5369-2299（販売）
振替　00190-8-728265

印刷所　図書印刷株式会社

ISBN4-8355-4351-3 C0093